SCHILLO
VERLAG

Ein Mann geht in einer Sommernacht zu einer Tankstelle, um
Bier zu kaufen, und sieht rot, als er es nicht sofort bekommt. Das
Liebesleben eines jungen Nachbarn bringt den Alltag eines älteren Ehepaars durcheinander. Auf einer anstrengenden Reise stellt
ein merkwürdiger Halbwüchsiger die Nerven seiner Eltern auf
die Probe. Lakonisch und eindrücklich schildert Christoph Haas
in seinen Erzählungen, wie Sicherheiten verloren gehen und Ver-
trautes plötzlich fremd wird.

Christoph Haas, 1963 geboren. Veröffentlichungen zu Literatur,
Film, Comics. Lebt in Passau.

Christoph Haas

Eine Nacht im Juli, eine Nacht im Dezember

Erzählungen

Schillo-Verlag
München

The dark powers
The may flowers
The roads on which we travel

Frida Hyvönen

Wellen

Hamza kotzt. Zwei, drei Mal. Mit der rechten Hand stützt er sich gegen eine Hauswand. Schmutziger, bröckelnder Putz. Er würgt und schnappt nach Luft, gleich darauf schießt es wieder aus seinem Mund, ein dicker, breiiger Strahl.

King tritt ein wenig zur Seite.

Er denkt an Wellen, die gegen eine Kaimauer schlagen, ein fettes Klatschen, ein grünliches Geschwappe, ein letzter, träger Gruß des Meeres, während die Passagiere an Land gehen; aber King wird nicht in einem Hafen ankommen, das ist klar, sein Boot wird einen Strand ansteuern, schwankend, dicht besetzt, die Kinder an ihre Eltern geklammert, schlafend oder mit weit aufgerissenen Augen, und King wird über Bord springen, sobald es die Wassertiefe erlaubt; so schnell es geht, wird er zum Ufer waten, Kiesel oder Sand, er wird sich auf die Knie fallen lassen, atemlos, glücklich, voller Angst.

Hamza richtet sich auf und stöhnt leise, muss sofort wieder kotzen, immer noch ist da etwas in ihm, das unbedingt hinaus will.

Dabei haben sie heute nur wenig gegessen, das Geld hat nicht wie sonst für zwei Sandwichs in Kamals Imbiss gereicht, schreibst du an, hat Hamza gefragt, aber Kamal hat energisch den Kopf geschüttelt, nicht schon wieder, bitte, wovon soll ich leben, also nur ein Sandwich für beide, auch die Cola haben sie sich geteilt.

Hamza wischt den Mund ab, erst mit der Hand, dann mit dem Ärmel seines T-Shirts.

Warum schaust du weg?, denkt King. Los, schau mich an, Bruder, sofort.

Hamza schnäuzt sich. Er spuckt aus, murmelt etwas und geht, leicht stolpernd, davon.

Bruder, ruft King. Bruder, was ist mit dir?

Hamza beginnt zu laufen, er schwankt von links nach rechts, King erreicht ihn nach ein paar Schritten, packt seine Schultern.

Es ist dunkel in der Gasse. Der Mond steckt hinter Wolken fest. King nimmt Hamzas Gesicht in seine beiden Hände, atmet den säuerlichen Geruch von Wein und Erbrochenem ein.

Hamza sagt: Lass mich!

Was hast du gemacht?, sagt King.

Ich habe nichts gemacht, sagt Hamza.

Ich bin dir hinterher, seit heute Nachmittag, sagt King.

Ich habe gesehen, wie du in das Hotel gegangen bist. In das hinter dem Bahnhof. Mit dem Reisenden. Ich habe die Züge gezählt und gewartet, bis du wieder herausgekommen bist. Mit ihm.

King wartet.

Hamza sagt nichts.

Wo wart ihr dann noch?, sagt King. Was hat er dir außer einem Essen sonst noch spendiert? Hat's ihm so gut gefallen? Und dir?

Hamza stößt auf.

Das war nicht ich, den du da gesehen hast, sagt er. Du hast dich getäuscht.

Er gibt sich Mühe, nicht zu lallen, aber es gelingt ihm nicht recht. King schüttelt den Kopf. Eben hat er, ohne es zu merken, geschrien, jetzt redet er wieder leiser.

Bruder, sagt er, bitte. Es war doch klar, so etwas machen wir nicht. Wir schaffen das. Irgendwie. Bestimmt. Aber nicht so, Bruder.

Das war ich nicht, sagt Hamza. Das war ein anderer. Ich schwöre. Der, den du gesehen hast, war ein anderer. Das kann nicht ich gewesen sein. Unmöglich.

King sagt: Du bist verrückt.

Hamza reißt sich los und schlägt ihm zwei Mal fest in den Magen, so wie Kamal es ihnen beigebracht hat, damals, als sie noch Kinder waren und sich täglich den irren Khadri-Büdern stellen mussten, immer in der Unterzahl, zu dritt gegen sieben. King knickt ein, und Hamza tritt ihm mit Wucht rechts in die Rippen. King kippt zur Seite, sein Kopf schlägt hart an einen spitzen Stein, er beißt sich auf die Zunge.

Er liegt da und atmet vorsichtig.

Du weinst, Bruder, denkt er. Ich kann dein Gesicht nicht sehen, aber ich weiß, dass du weinst.

Hamza holt noch einmal aus, aber er tritt nicht zu. Er geht ein paar Schritte rückwärts, dreht sich um und läuft davon.

King atmet weiter, ganz vorsichtig, das schmerzt in der Seite, er konzentriert sich auf die Luft, die in ihn strömt, ihn verlässt. Als er bis 50 gezählt hat, richtet er sich auf. Er fährt an seine Schläfe, spürt Dreck und Feuchtes.

Er riecht an seiner Hand, tastet mit der Zungenspitze den metallischen Geschmack. Ihm ist schwindlig. Der Mond kommt hinter den Wolken hervor, verbirgt sich wieder, ein alter, müder Feigling.

Kotzen, denkt King, jetzt gleich.

Er versucht aufzustehen, aber die Straße schlägt Wellen, auf und nieder, oder sind die Wellen in seinem Kopf

dieses Geschaukel, er ist das Meer nicht gewöhnt, woher auch, und das Boot ist zu klein, viel zu klein für sie alle, am Strand, im hellen Morgenlicht, hat er sich gefragt, wie sie da nur hinein- passen sollen, und jetzt, unter diesem wütenden, grauschwarzen Himmel, werden die Wellen immer höher, die Kinder weinen und schreien, die Erwachsenen schöpfen das Wasser mit den Händen hinaus, vergeblich, eine turmhohe Welle, sie wartet auf King, und sie holt ihn, mit weiten, nassen Armen, seine Schwimmweste löst sich, vielleicht knöpft er sie auf, er betet oder er betet nicht, sein Mund öffnet sich

ist das Blut

er kann nicht schwimmen, woher auch, es zieht ihn hinab, immer schneller, und tief, tief unten im Meer sieht er die Sonne, die Küs- te, ein gelobtes Land.

X

Schon drei Jahre, sagt Mia. Das war Ende März, oder?

Carlos trinkt einen Schluck Bier und schüttelt den Kopf. Erster April, sagt er.

Erster April? Dann hättest du das ja auch für einen Aprilscherz halten können. Mia zieht die Augenbrauen hoch und schaut amüsiert.

Carlos erinnert sich, dass er ihr gerne beim Zupfen der Brauen zugeschaut hat. Mias Konzentration, die hingebungsvolle, gärtnerische Strenge, mit der sie sich einzelne Härchen vornahm.

Deine Nachricht ist um 12 Uhr 13 gekommen, sagt er. Und ich habe sie nicht für einen Scherz gehalten.

Du erinnerst dich an die Uhrzeit? Mias Augenbrauen klettern noch weiter nach oben.

Nicht im Ernst, oder?, sagt sie. Du willst nicht behaupten, dass du überrascht oder geschockt warst. Nicht nach der kurzen Zeit, in der wir zusammen waren. Nicht nachdem, was zuvor passiert war.

Carlos zuckt mit den Achseln.

Um 12 Uhr 22, sagt er, ist dann die Zusage von Jung, Johann & Alt gekommen.

Ah, sagt Mia. Ach so. Sie lässt ihre Augenbrauen sinken.

Ich brauche einen Kaffee, sagt sie. Wo ist denn diese Kellnerin? Sie schaut sich um und rümpft ein bisschen die Nase. Ziemlich abgeranzt ist das hier. Kein Wunder, dass es so leer ist.

Es ist noch früh, sagt Carlos.

Mia holt Luft. Also war das eigentlich ein Glückstag, sagt sie.

Aber wie ist es denn bei J, J und A? Oder wie war's? Du bist nicht mehr dort, hab ich gehört.

Carlos schiebt sein Glas in einer Kreisbewegung auf dem Bierdeckel hin und her. Er trinkt es aus.

Er könnte jetzt erzählen, dass er Chefs hasst, die Bud Spencer- und „The Walking Dead"-T-Shirts tragen. Die einem Fair Trade-Kaffee und vegane Pizzaschnitten an den Schreibtisch bringen. Die einen nach vier Wochen fragen: Bist du sicher, dass du dich mit unserer Firmenphilosophie identifizierst? Die dann nach weiteren vier Wochen sagen: Das Team findet nicht, dass du dich mit unserer Firmenphilosophie identifizierst.

Mia schaut ihn an. Röntgenaugen, denkt er. Er wird versuchen ein bisschen zu lügen. Aber er muss vorsichtig sein.

Nun ja, sagt er.

Die Kellnerin hat kurze, blond gefärbte Haare und verschieden große grüne Augen. Über ihrem linken Nasenloch stecken zwei kleine silberne Ringe; die Durchstichstelle ist stark gerötet.

Einen großen Kaffee, schwarz, sagt Mia.

Carlos legt die Hand auf sein Glas und winkt ab. Er schaut der Kellnerin nach; als sie ein paar Schritte entfernt ist, dreht sie sich um die eigene Achse und zwinkert ihm mit dem rechten, kleineren Auge zu.

Mia hat schnell etwas in ihr Handy getippt und sagt: Und, gefällt dir ihr Hintern? Hast ja genau hingeschaut.

Carlos überlegt kurz, ob er antworten soll: Habe ich nicht.

Ich hab mir kürzlich so ein altes Video von Cher angeguckt, sagt Mia. Aus den späten Achtzigern. Da tanzt sie auf einem Schlachtschiff mit riesigen Geschütztürmen herum, lässt sich von Matrosen bejubeln und herumtragen. Sie ist auf Ende 20 operiert, aber sie hat diesen kleinen Hintern, der ein bisschen hängt. Da ist man heute anderes gewöhnt. Du magst es ja auch üppiger.

Carlos deutet auf sein leeres Glas und sagt: Ich muss mal kurz raus.

Er pinkelt im Stehen.

Sein Glied fühlt sich fest an, schon ein wenig stärker durchblutet, er fährt an ihm auf und ab, bis es fast ganz steif ist.

Er holt sein Handy heraus, macht ein Foto und verschickt es.

Vielleicht sollte er sich weiter anfassen, noch ein Foto machen.

Er lässt es.

Er steckt das Handy in die Innentasche seines Sakkos und spürt es gleich darauf an seiner Brust vibrieren.

Mia sitzt nicht mehr am Tisch. Das Bierglas ist abgeräumt, der Kaffee noch nicht gekommen.

Mia schreibt: Bin draußen, hinterm Haus.

Der Biergarten ist gesperrt, auf einem handgeschriebenen Schild steht in schiefer Schrift: Betreten verboten; um Baken ist ein rotweißes Band gewickelt.

Vor zwei Nächten ist ein Sturm über die Stadt gezogen und hat Zweige von den Kastanien gerissen, große Äste gebrochen, einer der Bäume musste gefällt werden, und auf ihm sitzt Mia und raucht eine Zigarette.

Was machst du hier?, fragt Carlos.

Na ja, drinnen kann ich mir ja keine anstecken, sagt Mia. Magst du auch?

Carlos schüttelt den Kopf.

Schau mal, sagt sie und deutet auf die Krone des gefällten Baums. Die braunen Blätter. Der war krank. Trotzdem schade. Sie bläst den letzten Rauch aus und wirft die Kippe weg. Gehen wir wieder rein?

Ja, sagt Carlos.

Mia hakt sich bei ihm unter und lässt seinen Arm erst los, als sie am Tisch angekommen sind, auf dem eine kleine Tasse Kaffee steht, neben einem winzigen Kännchen Milch und einer Schale mit braunem Zucker. Mia lacht.

So etwas habe ich erwartet, sagt sie. Iris, die schlechteste, bekiffteste Kellnerin der Welt. Sie erkennt mich nicht wieder, und sie bringt mir den falschen Kaffee.

Sie setzt sich und trinkt die Tasse mit einem Zug leer.

Kennst du die?, fragt sie. Bist du öfter hier?

Nein, sagt Carlos.

Ich habe mit ihr mal im Café Alpenglühen gearbeitet, im ersten Semester, sagt Mia. Die haben sie nach drei, vier Tagen rausgeschmissen. Danach war sie in einer Cocktailbar, hat immer alles verwechselt, Whisky statt Gin oder umgekehrt. Die haben sie nur wegen ihrer Titten behalten, eine Zeitlang zumindest.

Mia rührt mit dem Löffel in der Zuckerschale herum.

Dabei hat sie gar keine großen Titten, sagt sie. Trägt immer einen Push-up. Heute auch. Aber du hast ihr ja auf den Hintern geschaut. Was völlig okay ist, ich habe nichts dagegen.

Soll ich sie ansprechen und ihr sagen, dass du sie ficken willst?, sagt Mia. Da geht bestimmt etwas. Mit so etwas hat sie keine Probleme, glaube ich.

Sie stützt die Ellenbogen auf den Tisch, legt den Kopf auf ihre übereinandergelegten Hände und lächelt Carlos an. Sie sagt: Du willst sie doch ficken? Oder tust du's schon?

Es ist kalt auf der Straße. Mia schlägt den Kragen ihrer Jacke hoch; Carlos stopft seine Hände in die Hosentaschen. Weiter unten, an einer Kreuzung, drängeln sich Autos vor einer Ampel, die meisten schon mit eingeschalteten Lichtern. Carlos' Handy vibriert. Er zieht es heraus und betrachtet das eingetroffene Bild. Die nackte Scham, etwas unordentlich rasiert, ein paar Stoppeln sind stehen geblieben, ein Mittelfinger liegt der Länge nach auf den Lippen, drückt sich leicht in sie hinein. Carlos muss lächeln, fast wird es ein Grinsen, er unterdrückt es und schaut zu Mia hinüber, aber die ist aufs Rauchen konzentriert, bis sie sich ihm plötzlich zuwendet und fragt: Willst du nicht doch eine?

Sie rauchen, und Mia sagt: Weißt du, dass ich die Dämmerung hasse? Das habe ich dir nie gesagt, oder? Im Sommer geht es, dieses ganz tiefe Blau des Himmels, bevor es richtig dunkel wird, das ist sogar okay. Aber jetzt, dieses Grau, dieses Schwinden des Lichts. Ich wünschte mir, es würde wenigstens mit einem Schlag finster. Aus. Vorbei. So als hätte man einen Schalter umgelegt.

Na ja, sagt sie und zuckt mit den Achseln. Egal.

Carlos blickt auf die Spitze seiner Zigarette. Er mag das Leuchten der Glut, wie es nachlässt und, nach einem erneuten Zug, wieder hell aufglüht. Vielleicht ist das, denkt er, der einzige Grund, warum ich ab und zu gerne rauche.

Musst du nicht langsam zur Bahn?, fragt er Mia.

Ich nehme nachher ein Taxi, sagt sie. Kommt schon hin.

Okay, sagt Carlos.

Er denkt daran, wie es war, mit Mia zu schlafen, und ist erstaunt, wie genau er sich erinnert; als wäre es gestern gewesen. Er sieht sie vor sich, kurz bevor sie kommt, die Wangen gerötet, das Gesicht fast so verzogen, als empfinde sie Schmerz, sie sagt: Ja, ja.

Mia sagt: Jetzt haben wir gar nicht mehr weiter über deine Jobs geredet. Du machst also jetzt manchmal so kleinere Sachen für J, J und A, so auf freier Basis?

Ja, sagt Carlos.

Plötzlich hat er den Wunsch, Mia alles zu erzählen, ausführlicher und genauer als zuvor, ohne Lücken und Lügen, aber dafür ist es nun doch zu spät.

Ist das nicht ein bisschen demütigend?, sagt Mia. Aber du hast keine andere Wahl, oder?

Sie sagt das nicht böse, und Carlos fällt auf, dass in ihrer Stimme etwas ist, das er immer noch mag.

Das Handy vibriert wieder.

Nein, sagt er, ich habe wohl keine andere Wahl.

1985

Wir saßen seit einer Viertelstunde auf der grünen Bank an der Bushaltestelle, als Andi auftauchte. Er trug ein verwaschenes Iron Maiden-T-Shirt, wie meistens, und er ließ die Schultern hängen. Ein bisschen weniger als sonst.

Schau mal, da ist Andi, sagte Gitta.

Zuvor hatten wir am anderen Ende des Dorfes gesessen, auf der roten Bank unter dem kranken Baum, gegenüber der Lackiererei Binder. Den alten Besitzer hatte man nie ohne seine Pfeife im Mund gesehen, ein klobiges, abgegriffenes Ding, in das er ausgiebig, voller Hingabe billigen Tabak stopfte. Nachdem er im vorletzten Herbst bei der Apfelernte von der Leiter gefallen war, hatte seine Tochter den Betrieb verkauft. Der neue Chef hatte das Rauchen in Büros und Werkstatt schon am ersten Tag streng verboten. Seitdem standen die Mitarbeiter alleine oder in kleinen Gruppen draußen und schimpften, wenn der Wind die Flamme ihrer Feuerzeuge bedrohte.

Der fette Jensen kam gerne mal zu uns rüber.

Er zückte eine verbeulte Schachtel Marlboro, sagte: Wollt ihr, und seine Augen flitzten über Gittas lange Beine und in ihren Ausschnitt. Vor ein paar Wochen hatte sie extra für ihn zerrissene Netzstrümpfe angezogen und mich zu einem zwei Nummern zu kleinen Spaghettitop überredet.

Der ist ekelhaft, sagte sie, so ekelhaft.

Aber auf all das, auf das Schauen und Angeschautwerden, hatten wir heute keine Lust, und so waren wir zur Bushaltestelle gegangen.

Andi ließ sich auf die Bank fallen. Er stützte die Ellenbogen auf die Knie und fuhr sich mit beiden Händen über das Haar, das er raspelkurz geschnitten trug. Seine Hände zitterten leicht, als er sich, ohne zu fragen, eine Zigarette aus Gittas Schachtel angelte. Ich hielt ihm ein Feuerzeug hin, aber er schüttelte den Kopf. Streichhölzer, sagte er, die Zigarette im Mund hängend, und klopfte seine Hosentaschen ab. Das erste Streichholz brach ihm ab, das zweite ging aus. Mit dem dritten klappte es. Ich schaute ihm zu, wie er rauchte. Eigentlich rauchte er gar nicht, er verwandelte Zigaretten in Asche. So schnell schaffte das nicht einmal ich, an meinen ganz schlimmen Tagen. Er saugte heftig am Filter, seine Backenknochen sprangen hervor, da ist ein Kiefer unter der Haut, dachte ich, ein Schädel.

Und?, sagte Gitta.

Und was, sagte Andi.

Ich denke nach, sagte er.

Der Bus hielt neben uns, mit einem Zischen öffneten sich die Türen. Ein paar alte Frauen stiegen aus. Frau Gruber, meine Musiklehrerin in der Grundschule, stieß ihren Stock so hart auf den heißen, sommerlichen Asphalt, als wollte sie ihn für die Rückenschmerzen verantwortlich machen, die sie gezwungen hatten, vorzeitig in den Ruhestand zu gehen. Ich grüßte sie, und sie nickte mir kurz und böse zu.

Als alle draußen waren, erhob sich der Fahrer seufzend und weckte Herrn Mertenstein, der mit offenem Mund in der fünften Reihe schlief. Seit seine Frau mit dem Küster unserer Kirche ins Nachbardorf gezogen war, fuhr er nach der Schicht nicht gleich

nach Hause, sondern blieb noch auf mehrere Biere in den Trink-
hallen der Stadt. Er blinzelte uns mit geröteten Augen an und
stolperte vorsichtig davon; das Laufen forderte von ihm alle Konzentration, die er gerade noch aufbringen konnte.

Dann fuhr der Bus weg, und wir waren wieder allein.

Und worüber denkst du nach?, fragte ich Andi.

Gitta schaute mich strafend an. Sie mag es nicht, wenn ich vor-
presche. Es ist nicht so, dass ich nichts sagen darf, wenn wir zusammen sind, aber wenn es um etwas Wichtiges geht, will sie zuerst reden.

Aber das war mir egal, in diesem Moment war es mir egal.

Am Morgen hatte ich mich am linken Unterarm geritzt, nur ein
wenig, zwei schnelle Schnitte über Kreuz, mit einer Rasierklinge.

Ich stand im Badezimmer, ignorierte das Poltern meines kleinen
Bruders an der Tür und schaute zu, wie die Blutstropfen hervor-
quollen, langsam, als scheuten sie das Licht des hellen Junimorgens.

Also?, sagte Gitta.

Sie hatte die Beine übereinandergeschlagen und wippte mit dem
rechten Fuß.

Ich bewunderte, wie sie es schaffte, ihre Stimme gelangweilt
klingen zu lassen, auch ein bisschen gereizt, aber nur so viel, dass
deutlich wurde, eine größere Aufregung sei Andi ihr wirklich
nicht wert.

Habt ihr schon mal überlegt, wie es ist, sich umzubringen?, sagte
Andi.

Er klemmte den Zigarettenrest zwischen die Spitzen von Daumen und Zeigefinger und schnippte ihn weg.

Wenn man anfängt, sich das zu überlegen, sagte er, ist man eine Weile beschäftigt. Allein die Möglichkeiten, die es da gibt.

Gitta warf mir einen schnellen Blick zu.

Klar, sagte sie. Sich vergiften, sich aufhängen, sich aus dem Fenster stürzen, sich erschießen... Sie ließ ihre Stimme beim Aufzählen ein bisschen leiern. Sie spreizte ihre Finger und musterte ihre Nägel, die sie frisch pink lackiert hatte.

Nein, sagte Andi.

Nein, nein, nein, sagte er, erst leise, dann lauter. Das interessiert mich alles nicht. Oder noch nicht. Ich denke nur über das Ertrinken nach. Da gibt's schon so viele Fragen. Ins Wasser gehen – wie geht das? Kann man das so einfach machen? Man hört auf zu schwimmen und geht unter, klar, aber bleibt man unten?

Hmm, sagte Gitta.

Sie verzog nachdenklich ihren Mund und legte die Stirn in Falten. Sie musste mir nicht zuzwinkern, ich verstand sie auch so.

Du nimmst einen Strick und bindest ihn um deinen Hals und um einen großen, schweren Stein, schlug Gitta vor. So müsste es gehen.

Andi nickte.

Hab ich mir schon überlegt, sagte er. Da bleibt man unter Wasser, selbst wenn man den Stein los lässt, unwillkürlich.

Er deutete auf die Schachtel, die zwischen uns lag, und nahm sich, ohne auf Gittas Zustimmung zu warten, eine weitere Zigarette. Er zündete sie nicht an, sondern rollte sie langsam zwischen den Handflächen hin und her.

Und wenn du unten bist, kannst du das Wasser so richtig einatmen?, sagte Andi. Damit es schneller geht. Und wie fühlt sich das an? Ist das so ein Brennen in der Lunge? Wäre doch witzig, oder? Es ist Wasser, aber es brennt dich.

Wäre witzig, bestätigte Gitta und gab Andi Feuer. Wäre voll witzig.

Und wenn du dann hinüber bist, sagte Andi, dann verwest du. Irgendwann, irgendwie. Aber anders als in der Erde, glaube ich. Geht das schneller oder langsamer? Wie sieht so eine Wasserleiche aus, nach ein paar Wochen? Aufgequollen, wahrscheinlich. Und kommen die Fische und knabbern dich an? Und welche Fische, alle oder nur bestimmte Sorten?

Kann man das nicht irgendwo nachlesen?, sagte Gitta. In so Zeitschriften für Ärzte oder Polizisten.

Vielleicht, sagte Andi. Aber wie kommt man an die ran. Außerdem denke ich lieber drüber nach.

Ich legte den Kopf in den Nacken und schaute nach oben. Über die Bank spannte sich ein Plexiglasdach, in dessen Staub längst getrocknete Regentropfen ihre Spuren hinterlassen hatten.

Für einen Moment sah ich Fische langsam über den blassblauen Himmel segeln, vollgefressene Fische, die bunt schillerten wie Schmeißfliegen.

Ich musste an das Gedicht denken, über das Herr Brinkmann uns kürzlich einen langen Aufsatz hatte schreiben lassen, da ging es um Schwalben, deren Flügelschläge den Himmel zusammennähten, wie bescheuert ist das denn, dachte ich wieder, Schwalben nähen überhaupt nichts zusammen, sie fliegen mal hoch, mal tief, und wenn du Pech hast, scheißen sie dir unvermittelt auf den Kopf oder auf die Schultern, that's all, folks.

Aber das ist noch nicht alles, sagte Andi.

Ich setzte mich gerade hin. Ich wusste, was er sagen würde. So sicher, wie ich manchmal morgens beim Aufwachen sofort weiß, ob die Sonne scheint oder es regnet und ob Gitta heute ihren schwarzen Minirock anziehen wird.

Ich hatte ihn im Bus den »Spiegel« lesen sehen, keine Ahnung, wo er den herhatte, sonst las er nur etwas, wenn man ihn dazu zwang. Ich hatte ihm über die Schulter geschaut, er war in einen Artikel über vier Mädchen vertieft, die sich über Monate Briefe geschrieben und es dann gemeinsam getan hatten. Irgendwo in einem Wald, in einem Zelt, mit einem kleinen Camping-Grill, das Brennmaterial sorgfältig übereinandergeschichtet.

Ich durfte Gitta nicht anschauen. Ich schaute Andi an, so fest wie möglich.

Egal, wie man's tut, sagte ich, man muss sich auch überlegen, ob alleine oder mit anderen.

Andi wandte sich mir zu und blickte mich direkt an.

Ja, sagte er.

Seine Augen waren von einem sehr hellen Blau, und ich fragte mich, warum, warum nur hast du deine Locken abgeschnitten?

Gitta schaltete sich ein.

Ein Selbstmörder-Club, sagte sie, genau, das ist es. Mit einer Satzung, mit Paragraphen, die genau regeln, wer mitmachen darf und wie man sich zu verhalten hat.

Ich horchte, ob in ihrer Stimme etwas war, Metall oder Säure, aber da war nichts. Aber vielleicht wollte sie mich nur in Sicherheit wiegen, damit sie später, wenn wir alleine waren, umso unbarmherziger zuschlagen konnte.

Dann merkte ich, dass sie nicht aufhörte zu reden. Sie kann ja so gut reden.

Klar, wenn du alleine bist und dich umbringen willst, sagte sie, das kann ganz schön schiefgehen. Du stehst da, mit deinem Stein in den Händen oder mit den Schlaftabletten oder der Pistole, und dann fängst du an nachzudenken, ist das wirklich die richtige Methode? Und dann lässt du's bleiben und gehst heim oder stehst wieder auf, und am nächsten Tag ärgert es dich. Wenn du's aber mit mehreren machst, dann hilft man sich, da unterstützt man einander.

Obwohl, sagte sie, hast du dir schon überlegt, dass du an die Falschen geraten kannst? Bei einem Mädchen, zum Beispiel. Du kennst nur ihr Bild, und dann steht sie vor dir und hat fettige, ungewaschene Haare, oder sie hat ihre hässliche Schwester dabei, und das Letzte, was du von der Welt siehst, wenn ihr irgendwelches Zeug geschluckt habt, sind deren dicke Waden, die in rosa Leggings stecken. In prolligen rosa Leggings.

Andi sprang auf.

Nein, rief er, nein, so geht das nicht!

Er blieb ein paar Schritte entfernt von uns stehen, den Rücken uns zugewandt. Er verschränkte die Hände im Nacken, legte den Kopf zurück. Gitta warf mir wieder einen Blick zu und holte sich die letzte Zigarette aus der Packung.

Andi drehte sich um.

Ich könnte das mal ausprobieren, sagte er.

Was könntest du ausprobieren?, sagte Gitta.

Das mit dem Strick und dem Stein, sagte er. Ich könnte mir

einen Strick und einen Stein nehmen und in die Elster springen. Er fuhr sich wieder mit beiden Händen über den Kopf.

Die Elster war ein kleiner Fluss, der sich einen halben Kilometer hinter dem Dorf durch die Wiesen wand. Als Kinder hatten wir gerne an seinem Ufer gespielt und im seichten, schlammigen Wasser Kaulquappen gefangen.

Ach so, sagte Gitta. Sie legte den Kopf schief und blies Rauch aus der Nase. Aber die Elster ist doch viel zu niedrig, sagte sie, erst recht um diese Jahreszeit.

Nein, sagte Andi. Da gibt es schon ein paar richtig tiefe Stellen. Wenn man sich auskennt, kein Problem.

Na dann, sagte Gitta.

Wir warteten ein bisschen, aber keiner von uns sagte mehr etwas.

Na dann, sagte Andi. Ich schaue mal nach, ob ich bei uns zu Hause etwas Passendes auftreibe. Einen Strick, meine ich. Mein Vater hat in der Garage alles Mögliche. Einen Stein finde ich dann am Fluss. Vielleicht komme ich noch mal bei euch vorbei.

Vielleicht setzt du dich aber einfach daheim auf die Couch und guckst in die Luft, sagte Gitta.

Andi zuckte mit den Achseln.

Er sagte nichts mehr.

Er ging weg, und wir schauten ihm nach. Er hielt sich noch ein wenig gerader als vorhin.

Gitta trat ihre Kippe mit dem rechten Fuß aus, schlug sich mit der flachen Hand gegen die Stirn und begann zu lachen, erst prustend, dann laut, während sie heftig ihren Kopf schüttelte.

Crazy, sagte sie, völlig crazy.

Dann hörte sie auf zu lachen, und es war dumm, dass wir keine Zigaretten mehr hatten, und wir schwiegen und warteten, ob Andi wiederkommen würde.

Aber er kam nicht.

Herr Brinkmann betrat die Klasse leicht verspätet. Er musterte uns misstrauisch, stellte seine speckige, verbeulte Ledertasche ab und murmelte einen Gruß. Andi fehlte. Aber er kam öfters zu spät. Mal fuhr er mit dem Bus und mal mit seinem alten Roller, ein paar Mal hatte er auch getrampt, ist spannend, sagte er, da weißt du nie, ob du rechtzeitig in die Schule kommst.

Die Schnitte in meinem Arm schmerzten, ich hatte sie, nachdem ich aus der Dusche gestiegen war, ein wenig verlängert und mit der Rasierklinge zu stark aufgedrückt. Ich wandte mich zu Gitta um, die eine Reihe hinter mir saß. Sie betrachtete intensiv eine Haarsträhne, die sie mehrfach um ihren Zeigefinger gewickelt hatte.

Herr Brinkmann sagte, er werde uns nun die Aufsätze zurückgeben. Leider seien sie ziemlich schlecht ausgefallen, fast durchweg. Die meisten von uns seien dem Gedicht gedanklich nicht gewachsen gewesen. Dabei hätten wir doch so gründlich über moderne Naturlyrik gesprochen. Er klang vorwurfsvoll.

Ich verlange nicht zu viel von euch, sagte er. Ich bin ziemlich enttäuscht. Seine Brille war ein Stück weit in Richtung Nasenspitze gerutscht.

Als er sich umwandte, um den Notenspiegel anzuschreiben, ging die Tür auf, und Andi glitt auf seinen Platz, drei Tische neben mir. Er war sehr blass und etwas verschwitzt. Er musste gerannt sein. Er beugte sich vor und zwinkerte mir mit dem rechten Auge zu, seine Lippen formten überdeutlich und sehr leise ein Wort: Getrampt.

Herr Brinkmann ging durch die Reihen und verteilte die Aufsätze. Auf meinen Blättern war viel Rot. Ich versuchte die kaum leserlichen Anmerkungen und Korrekturen zu entziffern. Ich spürte Gittas Blick im Nacken.

Herr Brinkmann erklärte, was wir nicht verstanden hatten, er sprach langsam und betont, Schwalben, sagte er, warum Schwalben und nicht Amseln oder Finken?

Ein kleines, dünnes Buch wanderte über die Tische, ich sah es aus den Augenwinkeln, und dann hielt ich es in der Hand, es war fast quadratisch, und sein schwarzer Deckel fühlte sich samtig an. Ich klappte es auf.

Auf der ersten Seite standen, mit feinem Filzstift geschrieben, nur zwei schwarze Fragezeichen und dahinter drei Punkte. Ich blätterte weiter. Auf der zweiten Seite waren, ebenfalls in schwarz, ein großes Paragraphenzeichen und dahinter eine Eins.

Herr Brinkmann sagte etwas von Vögeln und der Leere. Ich schaute zu Andi hinüber, und er schaute zurück, jetzt zwinkert er gleich, dachte ich, aber er tat es nicht.

Ich schaute wieder auf die Seite vor mir.

Er hat so eine schöne Handschrift, dachte ich, fast wie ein Mädchen.

26

Pillen

Ich träume von einer Stadt der Lichter, Neon blinkt, Sprühregen, Gaslaternen werden angezündet, und dann bin ich alleine in einem großen, dunklen Raum, erhellt nur von einer Kerze, ihr Wachs tropft auf mich, dicke, warme Tropfen.

Ich wache auf, drehe mich halb zur Seite. Mein Mann steht hinter mir, er hat meine Pyjamahose heruntergeschoben, bearbeitet seinen Schwanz und kommt auf meinen Hintern. Sein Gesicht ist verzerrt, er keucht leicht.

Ich schreie ihn an. Was machst du da? Was-machst-du-da!

Er weicht ein Stück zurück und schaut mich an. Er sieht lächerlich aus, wie er da steht, sein Unterkörper ist nackt, oben trägt er Hemd und Krawatte. Sein Schwanz ist noch steif, er hat dichtes, schwarzes Schamhaar, früher haben wir uns rasiert, jetzt nicht mehr.

Er verschwindet im Bad, und ich höre Wasser laufen. Ich höre, wie er sich schnell fertig anzieht, die Schließe seines Gürtels schlägt gegen die Badewanne. Die Haustür klappt zu, und er ist weg.

Ich gehe pinkeln. Ich fahre mit dem Daumen über die Borsten der Zahnbürste und lege sie unberührt beiseite. Das Sperma klebt auf meiner Haut, nässt das Hinterteil meiner Hose. Ich könnte mich duschen, mich anziehen.

Der Frühstückstisch ist gedeckt. Zwei frische Brötchen, Honig, Marmelade. Zwei Scheiben Käse unter einer Cellophanfolie. Kräutertee. Neben dem Teller die Pillen, die ich morgens zu nehmen habe.

Sag nicht Pillen, sagt mein Mann immer. Wie du das sagst. Sag Tabletten.

Pillen sind das, sage ich. Nichts anderes. Wie in einer verdammten Klinik, wie in einem Altersheim.

Fast eine Handvoll Pillen, rote, blaue und weiße. Irgendwo habe ich gelesen, dass rote allein wegen ihrer Farbe eine positive Wirkung auf die Patienten haben, ihre seelischen Heilkräfte aktivieren. Ich merke nichts davon. Ich stopfe sie mir alle in den Mund, nehme einen Schluck Kräutertee, lasse sie ein bisschen im Mund herumklickern und schlucke.

Mittags muss ich die nächsten nehmen, das darf ich nicht vergessen, sie liegen im zweiten Fach einer Plastikschachtel, und diese Schachtel finde ich auf der Anrichte gleich neben dem Herd, sie liegt ganz oben in dem Spender, in dem sich auch die Schachteln für die anderen Wochentage befinden. Auf der Schachtel von heute steht Mittwoch.

Oder Donnerstag.

Mein Mann sorgt für mich. Ich liebe und hasse ihn. Wie in einem Altersheim, sage ich zu ihm, wie in einem verfickten Altersheim.

Mein Mann ist älter als ich, aber man sieht es ihm nicht an. Graue Schläfen, an der Stirn leicht zurückweichendes Haar, das ist alles. Als wir noch weggingen, zu Geschäftsessen, auf Partys, habe ich ihn mit den anderen Männern verglichen. Bauchansätze, getarnt in Brioni, in Dolce & Gabbana, operierte Schlupflider, angestrengte Sportlichkeit und betont fester Händedruck. Sie gehen in Fitnessstudios, stemmen Gewichte, rennen auf Bändern und schwitzen und behaupten, das tue ihnen gut. Mein Mann macht manchmal mit einem jungen Kollegen einen Waldlauf, danach bestellt er sofort mehrere Kisten seines Lieblings-Bordeaux. Ich brauche eine Rotwein-Kur, sagt er.

Sein Bauch ist flach.

Manchmal träume ich, dass wir im Bett liegen, ich streichele über seinen Bauch, über die Muskeln, die er, ich weiß nicht wie, straff hält, dann wandert meine Hand tiefer, mein Kopf liegt auf seiner Brust, er seufzt, bewegt sich ein wenig, sagt leise, deine Haare kitzeln mich am Hals.

Ich bin 33. Ich stelle mir die Ziffern so genau vor, dass ich sie vor mir über dem Tisch schweben sehe, die Morgensonne lässt ihre metallischen Rundungen blitzen, ich greife nach ihnen, sie sind leicht wie ein Mobile, aber als ich sie berühre, durchzuckt es mich wie von einem elektrischen Schlag.

Schön braun, sagt die Frau auf der Party zu mir. Sie mustert mein Gesicht, streicht meine Haare zur Seite. Wir sprechen über Sonnenbrand.

Mein Mann schläft mit mir, er liegt schwer auf mir, meine rote, verbrannte Haut, sie reibt über die frische, weiße Bettwäsche, ich weiß, er möchte, dass ich schreie, aber ich schreie nicht.

Es ist Mittag. Ich sitze auf der Couch im Wohnzimmer, wann habe ich mich hierher gesetzt, ich weiß es nicht mehr. Jemand hat den Frühstückstisch abgeräumt. Das bin ich gewesen. Ein paar verstreute Krümel, ich kehre sie in meine hohle Hand und werfe sie in die Spüle.

Ich stehe am Fenster und schaue hinaus. Unser Garten, die anderen Bungalows, alle in sanfter Hanglage, unten der Fluss, ein Ausflugsschiff und ein Schlepper kreuzen einander. Schwalben schießen umher.

Alles springt in den Zeitraffer.

Es ist Morgen. Die Sonne geht auf, ihr glutrotes Leuchten lässt nicht nach, je höher sie steigt, im Gegenteil, es wird stärker, sie wälzt sich über den Himmel, bleibt stehen, ruckelt vor und zurück, leicht knirschend, sie übergießt alles mit ihrem gnadenlosen Licht, und sie starrt mich an. Sie hat keine Augen, sie ist ein Auge, das mich verfolgt, mich nie vergisst, auch nicht, wenn sie längst untergegangen ist, wenn sie die Erdscheibe nicht mehr plagt.

Ich stehe am Fenster, es ist Nacht, tiefe, schwarze Nacht.

Der Schlüssel dreht sich im Schloss, ein Mal, zwei Mal, die Haustür geht auf. Mein Mann ist zu Hause.

Ich höre seine Schritte, er geht durch die Räume, er überprüft, was ich getan und was ich nicht getan habe, ob ich unachtsam war und etwas verschmutzt habe.

Im Bad wäscht er sich Gesicht und Hände, wie immer sehr gründlich, mit viel Seife, den Ehering streift er vorher ab, danach ein kurzer, prüfender Blick in den Spiegel, mit den noch feuchten Händen fährt er sich schnell durch sein Haar. Er mag keinen Kamm.

Ich sitze auf der Couch. Er steht am Fenster und schaut hinaus, dann wendet er sich um, verschränkt die Arme.

Du hast deine Tabletten heute Mittag nicht genommen, sagt er.

Ich korrigiere ihn nicht. Ich sage nicht: die Pillen.

So geht das nicht weiter, sagt er. Wenn du die Medizin nicht re-

gelmäßig nimmst, hat das Folgen. Das willst du doch nicht, oder?
Ich fange an zu weinen. Übergangslos. Ich merke es zunächst
gar nicht, aber plötzlich ist mein Gesicht nass, es tropft mir auf
die Hose, mein Make-up wird verschmieren, aber dann fällt mir
ein, ich habe ja gar keins aufgetragen.

Mein Mann steht dicht vor der Couch, ich habe den Arm um sein
Becken geschlungen, ich weine weiter, schluchze kaum, die Tränen laufen einfach so, Regen, warmer, kühler Regen.

Ich denke an Paris, unsere Hochzeitsreise, die Lichter einer Bar,
eines Kinos spiegeln sich in Pfützen, das Kopfsteinpflaster des
alten Quartier, französische Küsse, wir wohnen in einem Hotel,
das einen winzigen, von hohen Hausmauern umgebenen Garten besitzt, Spatzen hüpfen über den Kies, flattern frech auf die
Tische, picken Weißbrotkrümel, vielleicht habe ich das in einem
Film gesehen.

Mein Mann liebt Filme, seine Kollegen sammeln Portwein oder
Uhren, er sammelt Filmplakate. Wir ziehen durch Buchhandlun-
gen und Antiquariate, s'il vous plaît, Monsieur, j'ai tant aimé ce
film avec Michael Caine, mein Mann sucht Plakate aus den Sech-
zigern, Siebzigern, Spionagefilme, Thriller, Erotisches, bunte Bilder, die einander bedrängen, sich überlagern, ein Gangster hebt
seine Pistole, ist im Voraus schon hingerissen von dem Schuss,
den er gleich abfeuern wird, eine Frau, nur bekleidet mit einem
schwarzen Spitzenslip, kreuzt die Hände vor ihren schweren
Brüsten, Motorboote rasen über einen See, Wasser spritzt auf, im
Hintergrund schneebedeckte Berge.

Vielleicht ist das alles ein Spiel, das wir mit dem Leben verwechseln, ein Spiel, das wir ewig weiterspielen müssen.

Ich streichele seine Hüfte, seine Oberschenkel, reibe über den Reißverschluss seiner Hose, spüre, dass er steif wird, ich werde seinen Schwanz herausnehmen, ihn in meinen Mund schieben.

Es ekelt mich. Es erregt mich ein wenig.

Er schaut mich an. Ja, sagt er. Ja, sage ich.

Es wird schnell vorübergehen.

Die Straße hinunter, im Nebel

Nicht mehr weit bis zu den Ampeln, die im Nebel leuchten wie rote Rosen, zwei weisen zur Abbiegung links in die Bahnhofsstraße, zwei sind direkt vor Ben, er müsste jetzt anfangen zu bremsen, aber stattdessen schaltet er in den fünften Gang, tritt kräftig aufs Gas, 80, 90, 100.

Er schaut in den Rückspiegel: Wie wäre es, wenn plötzlich die Polizei hinter ihm auftauchte, mit Blaulicht, würde er sofort rechts heranfahren oder erst recht beschleunigen?

Mit einem Fluchtversuch würde er in der Zeitung landen.

Will er das?

Nein, er will es nicht.

Vorhin, als Ben ins Auto gestiegen ist, war der Nebel wie eine weiße Wand, jetzt hat er sich etwas gelichtet; erst jenseits eines Umkreises von zehn Metern löst er immer noch alle Konturen auf.

Links die Ausläufer des Bahnhofsgeländes, eine Rangierlok, drei Güterwaggons, dann ein leer stehendes Möbelhaus aus den Siebzigern, heruntergekommen, die Kulisse eines Zombiefilms, ein vietnamesisches und ein serbisches Restaurant, rechts ein großes Fahrradgeschäft zwischen Brachen, ein Puff, ein Autoteile-Handel, ein Burger King.

Ben ist mit der Geschwindigkeit heruntergegangen, von 130 auf 80, die nächste Ampel, an der großen Kreuzung, will er auf Grün erwischen; es klappt. Hinter der Kreuzung versandet die Stadt endgültig: weitere Brachen, Brombeergestrüpp, Meier's Second Hand Cars, ein Kinderspielplatz mit rostigen Geräten.

Ben hat das Ortsschild erreicht und wendet, dafür ist er immer noch zu schnell, das Heck des Autos bricht aus; dann, auf dem Weg zurück, geht er ganz vom Gas herunter, bleibt im dritten Gang, immer wenn der Motor brummend danach verlangt, hochgeschaltet zu werden, hebt Ben leicht den rechten Fuß; 3,6 Kilometer sind es bis zur Kreuzung, die in die Innenstadt führt.

An der Ampel, die er eben überfahren hat, bleibt er stehen. Ein Auto schiebt sich neben ihn, er schaut zunächst nicht hin, eine junge Frau sitzt am Steuer. Sie lässt ein Feuerzeug aufflammen und zündet sich eine Zigarette an, Ben sieht die Müdigkeit in ihrem Gesicht, vielleicht kommt sie von der Arbeit oder muss zur Arbeit, im Krankenhaus oder in einer Bäckerei. Ben drückt, wie aus Versehen, vorsichtig auf die Hupe, aber die Frau schaut nicht zu ihm herüber und fährt, als es Grün wird, sofort schnell los.

Ben hätte gerne genauer ihren Mund gesehen, volle, rot geschminkte Lippen.

Es ist Samstag, kurz nach halb sechs Uhr morgens.

An den Ampeln der Kreuzung zur Innenstadt hängen Kameras. Ben wartet auf Grün, wendet erneut und beschleunigt so stark wie möglich; das Ortsschild passiert er mit 130. Er bremst scharf und biegt nach ein paar hundert Metern rechts auf einen Parkplatz ab, von dem ein Trampelpfad an den Fluss führt. Äste streifen das Auto, Ben fährt so weit, wie es gerade geht.

Er öffnet den Kofferraum und betrachtet einen Moment die Holzkiste, die in ihm steht. Er zieht Handschuhe an, legt einen Bolzenschneider auf die Kiste und trägt beides zum Wasser.

Ein Schiff fährt vorbei, beladen mit vielen Containern. Ben schaut ihm nach.

Er atmet ein und setzt den Bolzenschneider an das Vorhänge-
schloss an; jetzt ist der zweite schönste Moment des Tages gekommen. Der erste schönste Moment war, als er vor zwei Stunden die
Tür des Gartenhauses aufgebrochen hat.

Elsa fällt ihm ein, ob sie schon wach ist, in der letzten Zeit steht
sie immer früher auf, läuft manchmal auch nachts umher.

In der Kiste sind Gartengeräte, teure, noch kaum gebrauchte
Markenware, kleine Schaufeln und Hacken, ein Rasensprenger,
eine elektrische Heckenschere, mehrere Sägen. Dazu eine Flasche
Schladerer Himbeergeist und ein Stapel Romanhefte.

Ben nimmt eine der Schaufeln prüfend in die Hand. Er wirft sie
in den Fluss und horcht darauf, wie sie mit einem Plup-Geräusch
versinkt. Er wirft noch eine Hacke hinterher. Er öffnet den Schladerer, fährt mit dem Daumen über das altmodische Muster auf
der Flasche und nimmt einen großen Schluck.

Er mag den Geschmack nicht, aber er mag das Gefühl der Wärme, den der Biss des Alkohols in seiner Kehle, seinem Magen
hervorruft.

Ben setzt sich auf die Kiste und vergisst ein bisschen die Zeit.
Der Nebel lichtet sich weiter, wird heller, man spürt die Sonne,
die über ihm steht.

Morgen wird Elsa sagen: Gestern war ein schöner Tag.

Ben steht auf und schiebt die Kiste in das dichte Unterholz. Er
schüttet den Schnaps aus und wirft die leere Flasche zusammen
mit den Handschuhen und dem Bolzenschneider in den Kofferraum. Er startet das Auto, stellt es wieder ab, holt sich die Handschuhe und öffnet noch einmal die Kiste. Der Romanstapel be-
steht aus lauter Western, er greift sich schnell fünf Hefte heraus.

Auf dem Land ist der Nebel schon fast verschwunden, hält sich nur noch ein wenig in Senken und an Waldrändern. Das Haus liegt in der Frühlingssonne.

Ben schließt die Tür auf.

Er horcht nach Elsa.

Sie liegt im Bett, auf dem Rücken, ihr Mund ist geöffnet; im Licht, das durch den nicht ganz heruntergelassenen Rolladen fällt, sieht ihre Nase blass und spitz aus. Sie atmet flach und schnarcht leise. Im Zimmer riecht es nach alter Frau. Ben geht vorsichtig hinein und kippt das Fenster.

In seinem Zimmer ist der Rolladen ganz unten. Ben lässt das Licht aus und legt sich angezogen hin. Er raucht eine Zigarette, eine zweite, eine dritte.

Als er nach dem Bruch die Kiste im Kofferraum verstaut hatte, war da plötzlich der Gedanke, zurückzugehen und es einmal mit dem Wohnhaus zu versuchen. Die Tür zum Wintergarten sah nicht schwierig aus. Er hätte durch das Haus gehen können, vorsichtig, ohne den Schlaf der Besitzer zu stören. Ein älteres Ehepaar, das er am letzten Samstag im Garten hatte sitzen sehen, sie sorgfältig geschminkt, mit einer Sonnenbrille auf, er hinter einer Zeitung verschanzt.

Er hätte bei diesem Gang durch das Haus nicht einmal etwas mitnehmen müssen.

Ben überlegt, wie viele Nebelwochenenden ihm noch bleiben. Nicht mehr viele.

Im Sommer wird er hinter dem Haus im Gras liegen, eine sternklare Nacht, Elsa ist vor dem Fernseher eingeschlafen, den Kopf auf der Brust, der Kater streicht hungrig um ihre Beine, reckt mauzend, vorwurfsvoll den Rücken, und Ben wird die Wochen zählen, wann ist endlich September, Oktober.

Er stellt die kleine Lampe neben seinem Bett an und nimmt sich die nächste Marlboro. Rauch hängt im Zimmer; Ben wünscht sich dichte, langsam kreisende Schwaden, so wie sie früher über dem Stammtisch im „Alten Krug" hingen, dem längst geschlossenen Dorfwirtshaus; Elsa war sonntags mit ihm dort, Kinderschnitzel, Spezi und Pommes mit viel Ketchup.

Er schaut auf die Uhr. Noch eine Stunde, dann wird Elsa sicherlich auf sein.

Er greift nach den Westernheften; auf zweien sind halbnackte Frauen abgebildet, sie haben riesige, birnenförmige Brüste; die Brüste gefallen Ben nicht. Eines der anderen Hefte ist ein Sammelband, der gleich drei Geschichten enthält. Ben blättert die mittlere auf: „Entscheidung in der Sierra".

Er balanciert die Zigarette zwischen seinen Lippen und hält das Heft mit beiden Händen, der Rauch steigt ihm in die Augen, er kneift sie leicht zusammen und liest den ersten Satz: „Es war ein glühend heißer Nachmittag, als ich in Alvarez einritt, einen kleinen Ort direkt an der Grenze zu Mexiko."

Eine Nacht im Juli, eine Nacht im Dezember

Gastler zerrte an den Bügeln der Werkzeugkiste, und sie ging nicht auf.

Nicht vollständig; da musste etwas klemmen. Mit der flachen rechten Hand fuhr er in das eine untere Fach, das ein Stück weit aufklaffte. Er spürte mehrere lose Schrauben und das raue Papier einer Schachtel, in der Nägel lagen, und dann fuhr, schnell und scharf, etwas über seine drei mittleren Fingerkuppen.

Ein stechender Schmerz.

Er zuckte zurück und sprang auf.

Das Bild, das er hatte aufhängen wollen, stammte aus dem Besitz seines Großvaters. Es war ein hochformatiges Aquarell. Zwei große, dunkelblaue Tannen an einem steilen Gebirgspfad, über ihnen eine späte, im Dunst verschwimmende Sonne. Nach dem Tod des Großvaters, er hatte zuletzt alleine gelebt, war es zu Gastler über eine Tante gelangt. Irgendwann war sie aufgetaucht und hatte es ihm in die Hand gedrückt: Als kleines Kind mochtest du es doch immer so gerne, bist nicht müde geworden, es dir anzuschauen. Sie war blass, erschöpft von der Auflösung des väterlichen Haushalts, bald darauf verstarb sie selbst.

Gastler legte das Bild in eine Schublade und vergaß es. Als er es an diesem Tag zufällig wiederfand, hatte er plötzlich den Eindruck, es würde gut an die Wand neben dem offenen Kamin passen, den er sich in den letzten Wochen hatte einbauen lassen. Er brauchte nur einen Hammer und einen Nagel.

Im Badezimmer hielt er seine Hand lange unter kaltes Wasser. Die Schnitte, jeweils zwei pro Finger, waren nicht tief, eigentlich nur Kratzer, aber in Gastlers Kopf war ein Summen, das nicht aufhören wollte.

Er dachte an weißglühende Drähte, an elektrisch geladene Zäune, vor denen Tiere auf der Weide zurückschreckten.

Er ging in die Küche und nahm sich ein Bier. Er öffnete es und blieb eine Weile einfach so stehen, die verletzten Finger gegen die kalte, beschlagene Flasche gepresst. Dann trank er sie in ein paar Zügen leer.

Die Kiste ließ sich jetzt mit einem Ruck aufspreizen. In dem Fach, in das er gegriffen hatte, lagen, von den Schrauben und Nägeln abgesehen, einige Winkelhaken und zwei kleine Laubsägen; er erinnerte sich nicht mehr, wofür er sie gekauft hatte.

Gastler ging früh ins Bett.

Er lag wach und dachte an das Bild und die Tannen. Als er sieben oder acht war, hatte ihm der Großvater von dessen Kauf erzählt.

Das war in der Nachkriegszeit gewesen. Mehrfach in der Woche klingelten Hausierer an der Tür, und immer kaufte der Großvater ihnen etwas ab. Die Schubladen des Hauses füllten sich mit Bürsten, Kämmen und Spiegeln, mit Seifen und Scheren; die Großmutter schüttelte unwillig den Kopf.

Einmal kam ein Mann, sagte der Großvater, der hatte einen verbeulten Hut auf, an dem eine Feder steckte. Den Hut hatte er ganz weit in den Nacken geschoben. Unter dem Arm trug er eine große schwarze Mappe. Da waren die Zeichnungen und Bilder drin, die Tannen lagen gleich obenauf. Der Mann besaß fast keine Finger mehr, die waren ihm, hat er erzählt, an der Ostfront abgefroren. Nur an der rechten Hand waren noch Daumen und Zeigefinger übrig, damit konnte er malen. Das Bild war nicht billig, für damals, aber es hat mir gleich gefallen.

Gastler konnte nicht schlafen.

Der Mond schien hell ins Zimmer; die Vorhänge waren nicht zugezogen. Er spürte ein Pochen in seiner rechten Hand, aber als er sie unter der Bettdecke hervorzog, war sie, anders als er es erwartet hatte, nicht angeschwollen. Er bewegte die Finger hin und her, und das Pochen verschwand.

Er hatte schrecklichen Durst. Er ging in die Küche, aber im Kühlschrank war kein Bier mehr. Er spülte den Mund mit Leitungswasser aus, zog sich an und verließ das Haus.

Er ging langsam die Straße hinunter, bog dann auf die Brücke ab, die in die Stadt führte. Trotz der warmen Nacht waren kaum Autos unterwegs.

Alles um ihn herum erschien Gastler auf einmal klein, nahezu auf Spielzeuggröße geschrumpft, und er hatte das Gefühl, mit jeder Minute etwas zu wachsen; der Mond ließ ihn wachsen, dieser Mond, den er so riesig noch nie hatte am Himmel hängen sehen; aber vielleicht bildete er sich das alles auch nur ein.

Er überlegte, wie es wäre, auf den Händen zu gehen, oben würde zu unten und unten zu oben.

Er ging durch die Fußgängerzone. Hin und zurück. Ein paar Mal blieb er vor Schaufenstern stehen. Am Rande der Fußgängerzone war eine Shell-Tankstelle. Ein dicker alter Mann tankte schnaufend sein altes Moped auf; als er den Tank zuschrauben wollte, glitt ihm der Deckel zwei Mal aus der Hand und fiel zu Boden. Es fiel ihm schwer, ihn aufzuheben; er schnaufte noch mehr. Gastler schaute ihm zu.

Der alte Mann verschwand, um zu zahlen, kam wieder, schwang sich mit Mühe auf sein Moped und fuhr davon.

Gastler ging ins Innere der Tankstelle.

Ein Papp-Aufsteller pries ein teures Hundefutter im Sonderangebot an. Gastler blätterte ein paar Zeitungen und Zeitschriften durch. Es kam kein weiterer Kunde. Im Kühlregal war die Biersorte, nach der er suchte, nicht vorhanden. Er nahm zwei Dosen Beck's.

Eine ältere Frau mit blond gefärbtem, hoch toupiertem Haar verschwand hinter einer Tür mit der Aufschrift „Personal". Der junge Mann hinter der Kasse rief ihr hinterher: Komme schon klar, Edith, dann wandte er sich Gastler zu:

Was kann ich für Sie tun?

Er war groß und hager. Beim Sprechen hüpfte sein Kehlkopf stark auf und ab. Am Kinn trug er einen spitzen, zauseligen Bart. Er hatte ein kleines, scharfes Küchenmesser mit orangefarbenem Plastikgriff in der Hand und war dabei, Kisten aufzuschneiden, in denen sich Süßigkeiten und Zigaretten befanden.

Gastler stellte die Dosen auf die Theke.

Der junge Mann legte den Kopf schief und fragte: Sind Sie mit dem Auto da?

Gastler sagte nichts.

Neue Regelung, sagte der junge Mann. Noch nichts davon gehört? Wenn Sie so spät noch etwas Alkoholisches wollen, müssen Sie's hier im Shop trinken oder mit dem Auto unterwegs sein. Sonst gibt's nichts.

Gastler nickte.

Mein Auto steht da hinten, sagte er.

Er zeigte ins Halbdunkel, wo sich ein kleiner Parkplatz dem Tankstellengelände anschloss. Der junge Mann beugte sich vor, reckte den Hals und sagte: Wo?

Sein Kehlkopf hüpfte sehr stark.

Das Messer hatte er vor sich auf eine halb geöffnete Kiste gelegt. Gastler nahm es und stach ihm mit Wucht in den Hals. Er zog es zurück, und Blut schoss hervor.

Der junge Mann taumelte zurück. Gastler stach erneut zu, diesmal in die Brust, aber das Messer rutschte an einer Rippe ab.

Der junge Mann stürzte zu Boden.

Gastler griff sich die Bierdosen, eine mit der linken Hand, die andere mit der rechten, in der er noch das Messer hielt. Er ging davon; etwas schneller, als er gekommen war.

Über der Brücke hing immer noch riesig der Mond.

Kurz bevor er sein Haus erreichte, ließ Gastler das Messer in einen Gully gleiten.

Die eine Bierdose war blutverschmiert; er wusch sie ab. Er stellte beide Dosen auf den Küchentisch, setzte sich hin und schaute sie an. Dann stellte er sie ungeöffnet in den Kühlschrank.

Er hatte keinen Durst mehr.

Er hängte das Bild mit den Tannen auf.

Am Morgen rief er im Büro an.

Kolberg war am Apparat. Gastler erzählt etwas von einer hoch infektiösen Magenverstimmung; dazu sei er beim Hinuntertragen des Mülls gestolpert und habe sich schwer den Knöchel verstaucht.

Kolberg wünschte gute Besserung. Gastler solle sich Zeit lassen, er habe in der letzten Zeit ohnehin immer bis spät in den Abend gearbeitet, und dazu: Er sei der Chef, er habe sich doch nicht bei ihm, Kolberg, zu entschuldigen.

Kolberg lachte.

Sie sind der Chef, sagte er noch einmal.

Die nächsten zehn Tage ging Gastler nicht aus dem Haus. Es war heiß. Er ließ die Jalousien herab und verbrachte viel Zeit im Bett. Er las mehrfach alles, was in den Zeitungen und im Netz über den Vorfall an der Tankstelle zu finden war.

Die Lokalzeitung brachte ihn auf der ersten Seite; es gab einen Leitkommentar und mehrere Leserbriefe. Gastler verglich die Formulierungen; gerne war von einer „schockierenden Tat" oder von einer „schockierenden, rätselhaften Tat" die Rede.

Gastler legte einen Ordner an und heftete sorgfältig alles ab, was er sich ausgeschnitten oder ausgedruckt hatte.

Natürlich meldeten sich Zeugen. Gesucht wurde ein untersetzter, dunkelhäutiger Mann, der einen Rucksack trug und sich schnell von der Tankstelle entfernt hatte.

Edith trat im lokalen Fernsehen auf; sie konnte es nicht fassen, so ein lieber Kollege war er gewesen, dieser Fred, und nun war er tot, nein, es war unfassbar.

Sie weinte.

Gastler ging wieder zur Arbeit.

Kurz bevor der Vorfall aus den Medien verschwand, brachte das Blatt, das jeden Freitag kostenlos an alle Haushalte verteilt wurde, ein Porträt von Fred. Er hatte, als es geschehen war, erst ein paar Tage an der Tankstelle gearbeitet. Er war neu vor Ort, ein Zugezogener aus der Großstadt, der es ruhig und überschaubar haben wollte. Seine Schwester wurde zitiert, und, noch einmal, die fassungslose Edith.

In einer Winternacht setzte Gastler sich ins Auto und fuhr zur Shell-Tankstelle. Er fuhr vorsichtig, der Schnee tanzte im Licht der Scheinwerfer, blieb auf der Straße liegen, und Gastler hatte vergessen, rechtzeitig die Reifen wechseln zu lassen. Er tankte, prüfte den Ölstand, füllte die Scheibenwaschanlage auf. Drinnen überlegte er eine Weile vor der Kühltheke, welches Bier er nehmen sollte, entschied sich dann wieder für Beck's und nahm gleich drei Dosen, dann noch eine vierte.

An der Kasse war eine junge Frau, schwarz gekleidet und mit mittellangen, tiefschwarzen Haaren, in die sie vorne eine grüne Strähne gefärbt hatte.

Sie bückte sich, schob die Legging an ihrem rechten Bein ein wenig hoch und kratzte sich an ihrem Schienbein. Gastler blickte in den Ausschnitt ihres Pullovers; sie trug einen knappen Spitzen-BH; Brustwarzen schimmerten rosa durch den Stoff.

Sie richtete sich auf und sah Gastlers Blick und schaute zurück, nicht spöttisch oder wütend, sie schaute Gastler einfach an. Er war sich nicht sicher, ob ihm das gefiel oder nicht.

Auf einem kleinen Metallschild, das an ihrem Pullover befestigt war, stand ihr Name: Leila.

Hinter ihr an der Wand, neben den Zigaretten- und Tabakfächern, hing ein Foto des jungen Mannes mit dem zotteligen Bart.

44

Gastler zahlte. Er wandte sich zum Gehen, blieb dann aber stehen.

Eines trinke ich gleich hier, sagte er.

Bitte, sagte Leila und wies mit der Hand auf einen der hochbeinigen Plastiktische, die herumstanden.

Gastler trank in langsamen, großen Schlucken, blähte die Backen auf, als wollte er sich den Mund ausspülen. Ein junges, blasses Gothic-Paar kam herein, diskutierte vor dem Regal mit Schokoriegeln leise miteinander und ging wieder, ohne etwas gekauft zu haben. Der Schnee fiel auf Gastlers Auto, das er ein wenig abseits geparkt hatte. Tanken wollte niemand. Es ging auf Mitternacht zu.

Nicht viel los heute, sagte Gastler.

Leila stand hinter der Backwarentheke, nahm einen kleinen Besen und begann die Auslage, in der sich nur noch zwei Brötchen und ein vertrocknetes Sandwich befanden, zu säubern.

Kein Wunder, bei dem Wetter, sagte sie. Und seit es die große Tankstelle an der Ausfallsstraße gibt, bei denen kriegen Sie auch Tampons und richtig guten Whisky. Dazu das hier...

Sie deutete auf das Bild von Fred.

Gastler nahm einen Schluck. Eine schlimme Sache, sagte er. Haben Sie ihn gekannt?

Leila schob die Krümel auf ein Kehrblech und warf sie in einen Mülleimer. Ein paar blieben auf dem Blech hängen, sie streifte sie mit der Hand ab.

Kaum, sagte sie. Hat ja nur ein paar Tage hier gearbeitet. Aber er hatte was. Nicht, dass er mir gefallen hätte, so als Mann. Aber das war einer, den man nicht vergisst.

Warum?, sagte Gastler.

Leila zuckte mit den Achseln.

Ich weiß nicht, sagte sie. Ist einfach so. Wenn ich jetzt rausschaue, in den Schneefall, in so einen dichten Schneefall, dann habe ich das Gefühl, er wird gleich auftauchen. Er wird mir zunicken, seine Jacke ausziehen, sich an die Kasse stellen und zu mir sagen: Geh heim, ich mache das heute Nacht.

Er war ein Guter, wissen Sie, sagte Leila.

Gastler schüttelte die Bierdose leicht; sie war leer. Er machte eine zweite auf.

Schmeckt's?, fragte Leila. Schön kalt, oder?

Gastler nickte.

Ich habe vorhin gesehen, wie Sie nach den hinteren Dosen gegriffen haben, sagte sie. Wäre nicht nötig gewesen. Als ich hier angefangen habe, bin ich gleich zum Chef und habe ihm gesagt: Die Kühlung ist zu niedrig eingestellt. Und wenn ich neue Flaschen oder Dosen einräume, stelle ich sie immer nach hinten. Kaltgetränke müssen kalt sein, sonst hießen sie ja nicht so, oder?

Der Gothic-Junge kam wieder herein, kaufte eine Halbliterflasche Cola Light und bezahlte wortlos mit einem Fünfziger. Seine Freundin wartete draußen, auf ihren Schultern lag Schnee.

Gastler trank jetzt schneller. Er riss die dritte Dose auf und hielt die vierte hoch, in Leilas Richtung.

Auch eine?, sagte er.

Leila schüttelte den Kopf.

Danke, sagte sie, nie im Dienst.

Kommen Sie, sagte Gastler. Ist doch fast Feierabend.

Leila schüttelte wieder den Kopf. Sie hatte sich einen Glasspray und einen Lappen geholt und polierte die Scheibe der Auslage. Okay, sagte sie, es ist nicht nur, weil ich in der Arbeit bin. Ich mag Bier bloß, wenn es so richtig, richtig kalt ist, so kurz vor dem Gefrieren. Mit kleinen Eisstückchen drin. Dann mache ich eine Flasche in vier, fünf Schlucken leer. Aber ich trinke immer nur ein Bier. Meistens nachts, wenn ich heimkomme.

Gastler nickte.

Er stellte sich vor, wie sie in ihrer Küche stand, mit nackten Füßen, auch den Pullover hatte sie ausgezogen, sie hielt die Flasche, wie in den Cola-Spots, mit der rechten Hand fest umklammert, legte den Kopf zurück und trank, gierig, vielleicht mit geschlossenen Augen, an ihrem Hals pulsierte eine Ader.

Die Tür klappte auf, und eine sehr alte Dame mit blau gefärbten Haaren erschien. Einen Mantel, wie sie ihn trug, hatte Gastler lange nicht mehr gesehen, er suchte nach dem Wort, dann fiel es ihm ein: Persianer. Sie trug keine Brille, aber so wie sie in den Raum blinzelte, wirkte es, als könnte sie eine vertragen.

Sie trippelte zu Leila und sagte: Ich bekomme den Tankdeckel nicht zu. Könnten Sie mir bitte helfen?

Leila half ihr.

Als die alte Dame gezahlt hatte und weggefahren war, nahm Gastler die letzte Dose und steckte sie in seine Jackentasche. Er ließ sich das Pfand für die leeren Dosen auszahlen, nickte Leila zu, hob die Hand zum Gruß und ging.

Kurz bevor er die Tür erreicht hatte, rief sie ihm hinterher: Sie haben mich gar nicht gefragt, was alle fragen.

Gastler drehte sich um und ging zu ihr zurück. Er legte die Hände auf den Tresen vor der Kasse.

Was habe ich nicht gefragt?, sagte er.

Alle, die sich nachts eine Weile hier aufhalten und ein bisschen reden, fragen irgendwann, wie ich damit zurechtkomme. Sie wies mit dem Daumen hinter sich, auf das Bild von Fred.

Hier, wo ich stehe, sagte sie, ist er gelegen und verblutet. Alle wollen wissen, ob mir das nichts ausmacht. Und ob ich keine Angst habe, dass so etwas auch mir passieren könnte. Weil der Täter nicht geschnappt worden ist.

Und?, fragte Gastler.

Leila schaute ihn an, so wie vorhin. Ihre Hände lagen ebenfalls auf dem Tresen, seinen genau gegenüber.

Es macht mir nichts aus, sagte sie. Und ich habe auch keine Angst, erst recht nicht in der Nacht.

Es schneite noch stärker als zuvor.

Gastler wischte mit dem Ärmel die Windschutzscheibe frei. Das Auto sprang erst beim dritten Versuch an. Er würde die Batterie austauschen müssen.

Zu Hause angekommen, zündete er den Kamin an.

Er nahm das Bild von der Wand und betrachtete es lange. Wie es wohl war, dachte er, den steilen Pfad hinaufzuwandern, in dieser schweren, dunstigen Luft, unter dem trüben Auge der Sonne. Ihm wurde ein wenig schwindlig.

Auf seinen Fingerkuppen waren jeweils zwei hauchdünne, fast verblasste Striche zurückgeblieben; wenn er über sie fuhr, fühlte es sich ganz leicht taub an.

Gastler holte den Ordner, den er nach dem Vorfall angelegt hatte. Er leerte ihn und stopfte ihn in eine Plastiktüte, zusammen mit dem Bilderrahmen und den zwei Bierdosen, die immer noch im Kühlschrank standen.

Er ging in die Garage und steckte die Tüte in den Mülleimer.

Er nahm die Papiere und das Aquarell und warf sie in den Kamin. Er schaute in die Flammen.

Er überlegte, ob er einen Wein aufmachen sollte.

Es tat ihm leid, dass er das Messer schon im Sommer hatte verschwinden lassen; zu dieser Nacht hätte es besser gepasst.

Johannes lebt jetzt in New York

Mara sitzt im Liegestuhl. Sie blättert in einer Zeitschrift. Sie sieht das Bild einer jungen amerikanischen Schauspielerin. Eine Straße, blauer Himmel, irgendwo in Kalifornien. Die Schauspielerin hält einen Starbucks-Becher in der linken Hand. Sie trägt ein enges Kleid, schwarz und kurzärmlig, bedruckt mit bunten Blumen. Sie lächelt den Fotografen an.

Darunter ein kleineres Foto, die Schauspielerin von der Seite, man sieht ihren prallen Babybauch, bald ist es so weit, eine schöne optische Täuschung, heißt es in der Unterschrift.

Mara ist müde, das Frühstück war üppig.

Gleich hinter dem Hotel beginnen die Almwiesen, dann geht es steil aufwärts, in der warmen Septembersonne scheinen die Berggipfel nur ein paar Meter entfernt zu liegen.

Georg sagt, ich mache mal einen Spaziergang.

Ich bleibe auf dem Balkon, sagt Mara.

Mittags zieht sie ihre Kreise in dem warmen, leicht nach Schwefel riechenden Wasser, hält den Kopf wie immer etwas zu weit nach hinten und schaut sich die Leute an, innerhalb und außerhalb des Beckens.

Eigentlich hasst Mara es zu schwimmen.

Auf dem Boden des Beckens, ziemlich genau in der Mitte, springt alle paar Minuten ein Strahl an. Sie schwimmt zu ihm hin, tritt auf der Stelle. Blasen blubbern zwischen ihren Beinen, gleiten den Badeanzug hoch. Das emporschießende Wasser spritzt in ihr Gesicht. Sie kneift ein wenig die Augen zusammen.

Sie sieht den Mann, der gerade aus der Dusche gekommen ist. Er blickt sich um, wahrscheinlich überlegt er, ob er in das Hauptbecken oder in eines der kleineren, mit kaltem oder sehr warmem Wasser steigen soll.

Er trägt eine blaue Badehose.

Er könnte Horst heißen, denkt Mara, nein, eher Wolfgang. Sein Oberkörper, seine Beine sind weiß und unbehaart. Er steht sehr aufrecht, das Gewicht scheinbar auf beide Beine verteilt, aber als er losgeht, auf eine der Einstiegstreppen des großen Beckens zu, sieht Mara, dass sein linkes Bein steif ist, er zieht es hinter sich her. Er gleitet ins Wasser und schwimmt in Maras Richtung.

Der Strahl versiegt mit einem dumpfen Gurgeln. Mara tritt weiter auf der Stelle. Der Mann schwimmt an ihr vorbei, mit kräftigen Zügen, bei jedem Zug hebt sein Oberkörper sich leicht aus dem Wasser, er prustet ein wenig.

Wie alt er wohl ist, Mitte fünfzig, vielleicht schon Ende fünfzig. Er hat keinen Bauch wie die meisten älteren Männer hier, aber die Bauchmuskeln wölben sich hängend ein wenig vor. Fehlendes Training, denkt Mara.

Georgs Bauch ist flacher, aber er ist ja viel jünger, und er isst gerne, was ihm nicht gut tut. Vanille-Éclairs, Hamburger, tafelweise Luftschokolade. Mara wird darauf achten müssen, dass er rechtzeitig anfängt, Sport zu treiben. Sie wird ihm ein Programm erstellen.

Sie schließt die Augen und lässt sich sinken. Sie öffnet die Augen wieder, in dem von mehreren Scheinwerfern erhellten Wasser sind die Umrisse nur weniger Schwimmer zu erkennen, zu dieser Uhrzeit ist das Bad schwach besucht.

Als Kind ist Mara gerne getaucht, schon bevor sie schwimmen konnte, ungerührt im Gespritze des Beckens für die Kleinen. Wenn sie heimkam, brannten ihre vom Chlor geröteten Augen, Kaninchenaugen, sagte der Vater.

Heute genießt sie es, für einen Augenblick wieder unter Wasser zu sein. Schwerelos, in einer anderen Welt. Sie taucht auf, holt tief Luft, taucht wieder und schwimmt los, sie will es bis zum Beckenrand schaffen, sie muss es, das ist doch nicht weit, aber kurz bevor sie anstößt, hält sie es nicht mehr aus, muss wütend nach Luft schnappen.

Sie zieht sich am Beckenrand hoch. In ihrer Badetasche sind zwei blaue Frottiertücher mit der Aufschrift „Hotel Bellevue". Das große wirft sie sich über die Schultern, mit dem kleinen rubbelt sie, auf einer Liege sitzend, ihre Haare ab.

Sie legt sich hin, auf einen Schlag müde. Sie ist über eine Stunde im Wasser geblieben, zwanzig Minuten werden empfohlen, und jetzt die treibhauswarme Luft, der Stoff ihres Badeanzugs fängt sofort an zu trocknen.

Sie darf nicht einschlafen, nachher ist sie noch müder und dazu schlecht gelaunt. Sie streicht langsam über ihren Bauch, nach oben, nach unten, ihr fällt ein, dass sie kein Anrecht hat auf diese Geste, noch nicht. Es ist still, Wasserplätschern im Hintergrund, auf der Liege neben ihr ruht ein alter Mann mit weißem Spitzbart und schnarcht leise, entspannt vor sich hin.

Sie wacht auf und fährt über ihr Gesicht. Wie meine Großmutter, denkt Mara, sie lag auf der Couch in ihrer großen, sorgfältig aufgeräumten Küche, hielt ihren Mittagsschlaf, ich zählte ihre Runzeln, plötzlich öffnete sie die Augen, schaute mich an.

Sie springt auf. So schlecht fühlt sie sich gar nicht. Es war nur eine halbe Stunde.

Der Spitzbart nickt ihr freundlich zu. Er liest jetzt ein Buch mit dem Titel „Su Majestad, el gato", auf dem Umschlag ist das Foto eines dicken, hochmütig blickenden Katers. Mara zieht ihren Bademantel an und hängt sich die Tasche über die Schulter. Sie tastet nach ihrem Spindschlüssel, hatte sie die 475 oder die 575?

Im dritten Gang hinter der Schleuse liegt der Mann mit der blauen Badehose rücklings auf dem Boden, mit der linken Hand greift er rudernd nach der Tür einer Umkleidekabine. Kleidung ist aus einem Spind gefallen, auch eine Geldbörse, drei oder vier Münzen sind herausgerutscht. Mara beugt sich über den Mann, wie soll sie ihn anreden, es gibt viele fremdsprachige Gäste hier.

Es geht schon, sagt der Mann. Es geht schon. Warten Sie.

Er zieht das rechte Bein an, stellt den Fuß fest auf und stützt sich auf die rechte Hand, aber die Tür, die er umklammert, klappt von ihm weg, er sinkt wieder zurück. Mara greift nach seinen linken Arm, stützt ihn am Ellenbogen.

Er steht da und atmet schnell und schwer.

Das dumme linke Bein, sagt er. Ich bin immer noch nicht daran gewöhnt. Können Sie mir helfen, das aufzuheben?

Mara sammelt eine Unterhose auf, eine Armbanduhr, das Kleingeld. In der Geldbörse steckt das Foto eines lachenden 20- bis 25-Jährigen. Er hat lange, blonde Locken, ein Grübchen am Kinn und trägt ein grünes Ralph Lauren-Shirt.

Mein Sohn Johannes, sagt der Mann, er lebt in New York. Seit drei Jahren.

Der Mann setzt sich auf die Bank einer Umkleidekabine, sein Atem beruhigt sich nicht, in seinen Augen ist viel Weiß, Mara hat Angst, dass er gleich anfängt zu schluchzen, was soll sie dann tun, ihr Herz beginnt zu klopfen.

Mara stößt die Tür zum Hotelzimmer auf. Sie stellt sich unter die Dusche.

Kaltes Wasser, warmes Wasser. Sie wäscht sich sorgfältig die Haare.

Georg liegt auf dem Bett und blättert die Zeitschrift durch, die sie morgens gelesen hat.

Schrecklich, sagt er. So ein Dreck. Wie kannst du so etwas lesen?

Wenn ich etwas zu sagen hätte, würde ich das verbieten lassen.

Es gibt schlimmere Zeitschriften, sagt Mara.

Schlimmer geht immer, sagt er.

Mara zieht das Badetuch, in das sie sich gewickelt hat, fester um die Brust und setzt sich aufs Bett. Sie spürt, wie ihr Tränen in die Augen schießen. Georg legt die Zeitschrift fort.

Ist was?, sagt er.

Sie erzählt von dem Mann.

Er war gerade erst hingefallen, weißt du. Er sah so hilflos aus und überrascht. Nicht nur wegen des Sturzes. Als hätte er... Ich weiß nicht.

Sie legt sich hin.

Sie kämpft dagegen, dass ihr die Augen zufallen, es war doch ein Fehler, eben im Schwimmbad. Sie darf nicht müde sein, sie müssen heute unbedingt noch miteinander schlafen, am besten auch morgen früh, die Tage sind günstig, Mara misst Temperatur, führt eine Tabelle.

Sie hat alles im Griff.

Georg beugt sich über sie. Sie sieht, wie er seinen Mund bewegt, aber sie hört nicht, was er sagt, sie muss ihm zuhören, jetzt.

Woran denkst du?, sagt er.

Ich weiß nicht, sagt sie.

Sie dreht sich auf die Seite, blickt auf die Nachttischlampe, im weißen Stoff des Schirms ist ein kleiner, gelber Fleck.

Mein Sohn lebt in New York, denkt Mara. Meine Tochter lebt in New York. Mein Sohn lebt in New York. Seit drei Jahren.

Schöne, einfache Sätze, denkt sie, Sätze, die man oft wiederholen kann.

Die irre Maria

Sie haben sie abgeholt, sagt Willi.

Ich hab mich immer vor ihr gefürchtet, sagt Martha. Sie hat so komisch geguckt. Sie ist stehen geblieben, hat die Handtasche vor die Brust gedrückt und einen so angeguckt.

Den Eltern ist es doch auch zu viel geworden, sagt Tante Anneliese. Wie alt sind die jetzt, die müssen über 70 sein. Und dass die Maria es überhaupt so lange gemacht hat. Solche sterben doch sonst immer früh.

Sie soll ja fast jede Nacht ins Bett gemacht haben.

Du warst doch öfter bei ihr, sagt Michael.

Riesige Staubfahnen haben wir hinter uns hergezogen, als wir durch die Steppe gerollt sind, sagt Onkel Horst. Der Iwan ist gesprungen, als er unsere Panzer gesehen hat, das sage ich dir. Ab wie die Hasen sind die.

Onkel Ewald hebt sein Bierglas zum Mund und trinkt langsam zwei, drei Schlucke. Er blickt auf seine Hände und sagt nichts.

Ewald, Mensch Ewald, sagt Onkel Horst. Er schlägt ihm auf die Schulter und lacht.

Sie haben sie mit einem schwarzen Wagen geholt, sagt Willi. Mitten in der Nacht, ich hab's gesehen, als ich raus musste zum Pinkeln. Ich hab gesehen, wie der Wagen sich dem Dorf genähert hat, er hatte helle, weit reichende Scheinwerfer, und dann hat er abgeblendet. Vor dem Haus haben sie gehalten und die Maria schnell rausgeholt. Ein Auto, so groß wie ein Möbelwagen, da saßen schon andere drin, ein Auto mit einem starken, leisen Motor, keiner hat's gehört.

Du lügst, sagt Martha, nichts hast du gesehen.

Wohl, sagt Willi.

Oder du hast ein bisschen was gesehen, sagt Martha, und den Rest erfindest du, ein Lügner bist du.

Ziege, sagt Willi, und du bist eine Ziege, eine Ziege mit Zöpfen.

Was ihr dem geringsten meiner Brüder tut, sagt Hochwürden Werner. Er hebt die Arme und blickt zum Himmel.

Hast du keinen Hunger?, sagt Mama. Kartoffelsuppe ist doch dein Lieblingsessen, hier, nimm Würstel.

Noch fünf Tage Fronturlaub, sagt Onkel Horst. Du vergisst nicht, was es heißt, ein deutscher Junge zu sein, nicht wahr?

Der Knecht vom Ranzerhof, der dürre, sagt Michael, der hat ihr beim Schützenfest die Zunge in den Mund gesteckt. Sie hat gelacht und sich gar nicht gewehrt. Sie sind hinter einen Busch, und er hat ihr den Rock hochgezogen, da hat man ihren dicken Hintern gesehen.

Das ist nicht gelogen, sagt Annette. Ich hab's auch gesehen.

Was hast du eigentlich mit ihr geredet?, sagt Michael.

Sie müssen in unterirdischen Fabriken arbeiten, sagt Willi. Sie setzen Teile für die Wunderwaffen zusammen, Tag und Nacht. Immer die gleichen Teile, aber ganz schnell. Wenn einer einen Fehler macht, wird er abgeführt und sofort erschossen.

Das ist der Leib Christi, sagt Hochwürden Werner.

Das ist eine Lüge, sagt Martha.

Still jetzt, die Kinder, sagt Mama zu Tante Anneliese.

Maria lehnt am Erdgeschossfenster, mit den Ellenbogen auf ein Kissen gestützt, und schaut hinaus. Sie winkt mir zu.

Grüß dich, Maria, sage ich.

Die Zimmertür hinter ihr ist offen. Ich schaue in den Flur und in die gegenüber liegende Küche. Marias Mutter träufelt Öl in eine Schüssel mit Kartoffelsalat, mischt ihn vorsichtig, probiert, nickt, dann nimmt sie einen Schluck Bier, direkt aus der Flasche.

Maria hat einen alten, verbeulten Herrenhut auf, in dessen Band sie Klatschmohnstengel gesteckt hat. Die Blüten liegen teils auf dem Hut, teils hängen sie über die Krempe hinab. Maria schielt ein wenig, ich weiß nicht genau, ob sie mich anschaut oder auf die Straße blickt.

Wie geht's dir, Maria?, sage ich.

Gut, sagt sie, mir geht's gut. Sie nickt lachend, und die Blüten wippen heftig hin und her.

Golden Boy

Wir haben uns die Fotos gerne gemeinsam angeschaut, meine Frau und ich. Manchmal gleich nachdem ich sie geschossen hatte, sobald drüben das Licht ausgegangen war; manchmal erst am nächsten Tag, wenn ich von der Arbeit zurückkam.

Ich weiß, dass es Bilder gibt, die meiner Frau besonders gut gefallen, aber sie hat mir nicht gesagt welche, ebenso wenig wie ich ihr meine Lieblingsbilder verraten habe.

Wir sind immer nur da gesessen, haben uns durchgeklickt und überlegt, was auszudrucken sich lohnen würde. Gerne haben wir dabei eine Kleinigkeit gegessen und getrunken, Tapas, einen nicht zu schweren Rotwein oder einfach einen Veltliner, den wir günstig im Supermarkt kaufen.

Mit dem Essen hat alles angefangen, damit, dass ich nachts oft aufwache, eine Weile auf die Atemzüge meiner Frau lausche und dann zum Kühlschrank gehe.

So war es auch im letzten Oktober. Ich stand in der Küche, fröstelnd; die Nachtabsenkung ist bei uns immer recht rigoros eingestellt. Ich schaltete das Licht wieder aus und holte im Badezimmer den dicken blauen Frottee-Bademantel, den ich mir für einen Nordseeurlaub gekauft hatte.

Als ich zurückkam, war im Nachbarhaus Licht angegangen. Ich stellte mich ans Fenster und schaute hinüber. Das Haus steht nicht weit von unserem, aber ein wenig tiefer; unser Grundstück liegt am Ende einer Straße, die stark ansteigt; dahinter beginnt der Stadtwald, der sich bis zum Flughafen erstreckt.

Das Zimmer, in das ich wie auf eine Bühne schaute, lag an der Querseite, genau gegenüber unserer Küche. Es war dunkel gestrichen und fast leer. In einer Ecke stand ein Deckenfluter und in der Mitte ein großes, aufgedecktes Bett.

Ich ließ das Licht aus. Ich nahm ein Messer, zerschnitt ein Brötchen und bestrich es, vor dem geöffneten Kühlschrank stehend, mit reichlich Butter. Ich belegte es mit Schinken und Käse; es war noch knusprig; als ich kräftig hinein biss, spritzten Krümel von meinem Mund weg auf den Boden.

Ich ging wieder zum Fenster. Ich sah unseren Nachbarn, der hinter einer Frau auf dem Bett kniete. Die Frau war auf allen Vieren; er hatte die Hände auf ihre Hüften gelegt und drang in sie ein, mit langsamen, aber heftigen Stößen. Sie bog den Kopf zurück, ihre Lippen öffneten sich leicht und auch ihre Augen, die sie, wenn er sich zurückbewegte, sofort wieder schloss.

Ich schaute zu und aß das Brötchen auf, der Schinken war etwas zu fettig; dann ging ich ins Wohnzimmer und holte meinen Fotoapparat. Ich schraubte das große Teleobjektiv auf. Ich wechselte schnell zwischen Aufnahmen, die das Paar zeigten, und solchen, in denen ich mir Details herausgriff.

Ihre kleinen Brüste, die unter seinen Stößen bebten. Ihre Hände, mit denen sie das Metallgestänge am Kopfende des Bettes umklammerte, immer fester, bis das Weiß der Knöchel hervortrat. Sein schmaler, muskulöser Rücken und sein ernstes, konzentriertes Bubengesicht. Seine Augenbrauen waren dunkel und sehr dicht, seine Stirn lag in leichten Falten.

Er war erst kurz zuvor eingezogen, an einem warmen, spätsommerlich wirkenden Tag. Ich stand vor der Haustür und rauchte eine Zigarette. Langsam, genussvoll und mit schlechtem Gewissen, weil es mit dem Aufhören wieder nicht klappen wollte.

Er kam mit einem dieser alten VW-Busse, wie man sie kaum noch sieht, ein dunkel lackiertes, rostiges Ding, das aussah, als hätte es ewig auf irgendeinem Schrottplatz herumgestanden und würde in ein paar Kilometern stehen bleiben und nie mehr weiter fahren. Er saß am Steuer und sprang als erster heraus, dann folgten die beiden Mädchen, die neben ihm gesessen hatten. Keiner von ihnen beachtete mich. Sie schlossen das Haus auf und begannen, Kisten, Stühle und Möbelteile zu entladen.

Ich war gerade mit der zweiten Zigarette fertig, als sie zu mir herüberkamen. Er streckte mir die Hand entgegen, grüßte, aber stellte sich nicht vor. Er trug ein enges weißes T-Shirt und hoch über den Knien abgeschnittene, abgewetzte Jeans. Ich überlegte, wie alt er wohl war; aber es fiel mir schwer, ihn einzuschätzen; er war einfach jung. Er hatte grüne Augen, und obwohl er in die Sonne, die tief über unserem Haus hing, schauen musste, blinzelte er nicht.

Die Mädchen standen hinter ihm, links und rechts, die eine hatte eine Schirmmütze auf, die andere hielt sich schützend die Hand vor die Stirn. Ich sah ihre rasierte Achselhöhle; zwischen den feinen Haaren, die nachwuchsen, rollte langsam eine große Schweißperle nach unten.

Die Mädchen, fiel mir jetzt auf, hatten das Ausräumen alleine übernommen; er war im Haus verschwunden gewesen und hatte sich nicht beteiligt.

Er sagte: Sie haben einen Akkuschrauber, oder?

So wie er es sagte, war es eher eine Aufforderung als eine Frage. Ich ging in die Garage und holte den Schrauber, dazu einen Ersatzakku und ein Kästchen mit Bits.

Er nahm alles entgegen, wie einen Tribut, der ihm selbstverständlich zu entrichten war, dann nickte er kurz und wandte sich zum Gehen, die Mädchen im Schlepptau. Kurz bevor er das Haus erreichte, hielt er den Schrauber am ausgestreckten Arm über den Kopf und ließ ihn ein paar Mal spielerisch aufheulen.

Die Mädchen fuhren abends mit dem Bus fort.

Im Dunkeln schien das Haus wieder so unbewohnt wie in den letzten anderthalb Jahren, nachdem das sehr alte, kinderlose Ehepaar, das dort gewohnt hatte, ins Seniorenheim übergesiedelt und bald darauf verstorben war. Ein auch schon älterer Mann, stark übergewichtig und mit Glatze, vielleicht ein entfernter Verwandter, war im Frühjahr mehrfach unschlüssig, schwitzend durch den langsam verwildernden Garten gestapft, danach aber nicht mehr aufgetaucht.

Von dem neuen Nachbarn war die nächsten Tage nichts mehr zu sehen. Der Akkuschrauber samt Zubehör stand irgendwann vor unserer Haustür. Das war alles, es gab kein Lebenszeichen, auch keine erhellten Fenster, bis zu jener Nacht.

Schon nach den ersten Fotos, die ich gemacht hatte, begann ich regelmäßig aufzuwachen. Immer zur selben Zeit, gegen ein, zwei Uhr. Ich öffnete die Augen, übergangslos, und überlegte, ob ich weiterschlafen sollte oder ob es sich wohl lohnte aufzustehen.

Ich täuschte mich selten. Fast immer hatte, wenn ich die Küche betrat, das Schauspiel gegenüber gerade begonnen.

Als ich zum fünften oder sechsten Mal fotografierte, trat meine Frau hinter mich. Ich war nicht überrascht, es hatte so kommen müssen, und auch sie schien nicht überrascht zu sein. Sie nahm sich einen Cracker und schaute zu. Sie schaute zu, wie ich den Fotoapparat an- und wieder absetzte, wie ich mit dem Finger auf dem Auslöser zögerte oder in schneller Folge mehrere Bilder schoss.

Sie schaute zu, wie er das Mädchen dieser Nacht, eine Rothaarige mit spitzen Brüsten, zum Höhepunkt brachte, langsam und geduldig; er war sehr konzentriert, und als er kurz nach ihr kam, rief er etwas, offenbar sehr laut, während sein Rücken sich rundete, wie bei einer Katze.

Als es vorüber war, wurde drüben, wie immer, schnell das Licht gelöscht. Ich machte bei uns hell, und wir saßen noch eine Weile da. Meine Frau aß zwei, drei Cracker, ich leerte ein Bier, bis auf den letzten Schluck, den sie trank.

Ich gehe wieder ins Bett, sagte sie.

Sie stand auf, fragte, in der Tür stehend: Wie lange machst du das schon?

Ich komme gleich nach, sagte ich.

Ich legte mich neben sie und griff nach ihrem Arm, fuhr an ihm hinunter und spürte, als ich meine Hand auf ihr Gelenk legte, ihren ruhigen, kräftigen Puls. Wir lagen wach, ich sagte ihr: Seit drei Wochen, und ich hörte, wie ihr Atem langsam wieder tiefer wurde und sie einschlief.

Kurz vor Weihnachten hatte sich gegenüber etwas verändert. An der Wand neben der Tür, die sich hinter dem Bett befand, hing ein

Bild. Als ich es sah, stutzte ich. Ich war mir sicher, dass es zuvor nicht da gewesen war – wie hätte ich es übersehen können –, und doch erschien es mir sofort vertraut, zugleich aber beängstigend.

Das Bild zeigte eine stilisierte Baumkrone oder einen Busch, kahle Äste und Zweige, deren leuchtendes Rot sich scharf von einem grünen Hintergrund abhob. Als ich durch das Teleobjektiv schaute, begann das Bild vor meinen Augen zu flimmern. Die Äste zuckten, als seien sie Flammen, und vielleicht war da auch gar kein Baum abgebildet, sondern ein loderndes Feuer.

Schau dir das an, sagte ich zu meiner Frau. Das Bild. Das war vorher nicht da, oder?

Ich streckte ihr den Fotoapparat hin. Sie stand am Fenster und schüttelte den Kopf. Ich seh's, sagte sie. Ganz deutlich. Ich muss da nicht durchgucken.

Aber mit dem Tele siehst du's viel besser, sagte ich. Was soll das sein, ein Busch oder ein Feuer?

Sie sagte noch einmal: Nein. Lauter, als es notwendig gewesen wäre. Es war fast wie in einem Streit.

Sie schwieg und ich auch, und wir standen da und schauten zu, wie sich drüben zwei Körper verkeilten, seine Brust über ihrer, er fuhr durch ihr Haar, küsste sie mit weit geöffnetem Mund.

Ich stand nun fast jede Nacht auf und wartete in der Küche; das dunkle Fenster war ein Versprechen, das sich meistens erfüllte. War es so weit, weckte ich meine Frau. Sie stand etwas hinter, nie neben mir, und gab leise Anweisungen, sagte: Jetzt oder: Noch nicht, warte noch einen Moment.

Wir fingen an, den Mädchen Namen zu geben. Sie hießen „Betty" oder „Linda", und wenn wir keinen Namen fanden, der uns passend erschien, beließen wir es bei den auffälligsten körperlichen Merkmalen: „die mit den sehr langen Beinen" oder „der Lockenkopf". Es kamen so viele Mädchen; sie wechselten einander schnell ab; aber manche von ihnen waren mehrfach hintereinander da, bevor sie verschwanden und nicht wiederkehrten.

Ich weiß nicht, was mir besser gefiel, ein Mädchen zu sehen, das ich schon kannte, oder eines, das neu war und sich sofort, kaum dass es mit ihm den Raum betreten hatte, ohne Umschweife die Kleider abzustreifen begann.

Ich fragte meine Frau, wie es bei ihr war, und sie sagte, ohne zu überlegen: Ich wünsche mir, dass er jede Nacht mit einer anderen schlafen würde.

An einem Sonntagmorgen, gegen Ende des Winters, stand er plötzlich in unserer Küche.

Der Schnee war feucht, schwer; er klebte an der Schaufel, als ich den Bürgersteig räumte. Die Sonne war warm, und ich kam außer Atem. Als ich fertig war, ging ich duschen, dann setzten wir Kaffee für ein spätes Frühstück auf.

Ich musste vergessen haben, die Haustür zu schließen, denn er kam einfach herein, grüßte mit nicht mehr als einem kurzen Nicken und sagte: Haben Sie etwas zu essen da?

Er war kleiner, als ich ihn in Erinnerung hatte. Ich bin nur von etwas mehr als durchschnittlicher Größe, dennoch reichte er mir gerade bis zur Schulter. Er war angezogen, als ob der Frühling schon begonnen hätte: Sneakers, eine dreiviertellange Hose, ein ärmelloses, wieder sehr enges T-Shirt.

Ich hatte gestern keine Zeit einzukaufen, sagte er.

Er wartete unsere Antwort nicht ab, sondern ging zum Kühlschrank, öffnete ihn und inspizierte seinen Inhalt so sorgfältig wie ein Automechaniker, der sich unter die Motorhaube eines ihm unbekannten Modells beugt. Er nahm Butter und Milch heraus und schloss die Tür mit einem Stoß seines rechten Knies.

Einen Teller, ein Messer, zwei Scheiben Brot, ein hohes Glas: alles was er suchte, fand er mit ein paar Handgriffen. Wir schauten ihm wortlos zu. Vielleicht warteten wir darauf, dass er sagte: Setzen Sie sich doch. Es war ein wenig, als wäre er hier zu Hause und wir wären die unerwarteten Gäste, um die er sich nicht weiter kümmern wollte.

Er saß am Tisch und bestrich die Scheiben mit reichlich Butter. Noch bevor er damit fertig war, hatte er das Glas leer getrunken. Er schenkte sich sofort nach und aß mit großen Bissen das erste Brot. Seine Zähne waren sehr weiß, fast wie die der Jungen auf den Kinderschokolade-Schachteln.

Ich zog mir einen Stuhl vom Tisch her und setzte mich. Meine Frau blieb stehen.

Die Sonne schien durch das Fenster, und als er die Brote gegessen hatte, zog er mit einer schnellen, fließenden Bewegung sein T-Shirt aus.

Sein Oberkörper war leicht gebräunt, und ich sah, dass seine Brust, seine Schultern dicht mit feinen Haaren bewachsen waren, mit einem schimmernden, blonden Flaum.

Meine Frau trat einen Schritt näher zu mir und legte ihre Hand auf meinen Nacken.

Er trank aus, verschränkte die Arme und schaute uns an, direkt und forschend, als sähe er uns zum ersten Mal. Erst jetzt fiel mir auf, wie ruhig es in der Küche war. Den alten, laut tickenden Wecker hatten wir vor ein paar Wochen durch eine Digitaluhr ersetzt. Im Radio, das wir immer anhatten, lief sehr leise Musik, auf „Morning Has Broken" folgte „Bette Davis' Eyes".

Gut, sagte er.

Er stand auf und warf sich das T-Shirt über die rechte Schulter. Dann war er weg, ohne ein weiteres Wort; obwohl er die Treppe hinuntersprang, waren seine Schritte kaum zu hören.

Die Milchflasche war leer. Auf dem Teller lagen das Messer und einige Krümel; am Glas hatte sein Mund eine kleine Fettspur hinterlassen.

Was war das denn?, sagte meine Frau.

Ich weiß nicht, sagte ich. Er wollte uns einen Besuch abstatten, warum auch immer. Oder er hat wirklich nichts zu Hause gehabt.

Sie klappte die Spülmaschine auf, und ich nahm das Geschirr und räumte es ein.

In den folgenden Nächten schlief ich zum ersten Mal seit Monaten wieder durch. An den Morgen erwachte ich mit leichtem Kopfweh, das nach dem Aufstehen schnell verschwand.

Wir waren mit der kleinen Reise beschäftigt, die wir am kommenden Wochenende unternehmen wollten; ein Familienfest, eine Großtante von mir feierte ihren 95. Geburtstag.

Als die Kinder noch mit uns verreisten, gab es immer viel zu bedenken, viel einzupacken. Anfangs der Kinderwagen, die Windeln und Flaschen, später die Spielzeuge und immer viele Sachen zum Anziehen. Jetzt kommen wir meistens mit zwei kleinen Koffern aus, aber wir brauchen für die Vorbereitungen immer noch fast so lange wie früher, als könnten wir auf den Aufwand, den wir einmal getrieben haben, nicht verzichten. Wir packen Kleider wieder ein und aus, und ich kümmere mich um das Auto. Ich putze die Windschutzscheibe, innen und außen, fülle die Waschanlage auf, fahnde mit dem Staubsauger im Fond nach Bonbonpapieren und Krümeln, die dort schon lange nicht mehr verstreut werden.

In der Nacht, bevor wir wegfuhren, war das einzige Mal eine etwas ältere Frau bei ihm zu Besuch. Das Licht ging an, gerade als ich in die Küche kam, und sofort darauf betrat sie mit ihm den Raum. Sie zog den grauen Trenchcoat aus, den sie trug, und stand völlig nackt da. Sie war blond und hatte große, leicht hängende Brüste, auf denen sich dunkle Brustwarzen abzeichneten.

Er trat hinter sie und legte seine Hände auf ihre Schultern. Ich holte den Fotoapparat.

Es tat uns leid, dass wir am Morgen nicht die Bilder anschauen konnten, aber wir mussten rechtzeitig aufbrechen, um nachmittags auf der Feier zu sein.

Wir gerieten in einen Stau und kamen zu spät. Als wir den geräumigen Saal des Gasthofs betraten, hatte das große Gratulieren schon angefangen. Wir stellten uns an das Ende der Schlange. Meine Großtante saß im Rollstuhl. Sie sah wie ein missmutiger alter Vogel aus, aber bemühte sich sehr zu lächeln.

Martina, ihre Tochter, stand hinter ihr und half aus, wenn sie irgendeinen aus der zahlreichen Verwandtschaft nicht erkannte. Ich beugte mich hinunter und sagte, was man in solchen Fällen sagt, und meine Großtante griff nach meinen Händen und sagte auch etwas, aber ich verstand es nicht, weil in diesem Moment ein Männerchor, der sich dicht neben uns auf einer Bühne versammelt hatte, unvermittelt und wohl verfrüht „Kein schöner Land in dieser Zeit" anzustimmen begann; gleichzeitig schwärmten Kellnerinnen aus und boten mit Nachdruck reihum einen Aperitif an.

Sie hat gesagt, ihr seid ein schönes Paar, sagte Martina später beim Dessert zu mir. Es gab Vanilleeis mit heißen Kirschen. Martina rührte in ihm herum, bis es eine weiche, suppige Masse war, durchzogen von roten Streifen.

Sie hat mich nicht erkannt, sagte ich. Und der Chor war viel zu laut, du hast doch gar nicht verstehen können, was sie gesagt hat.

Doch, sagte Martina, doch, habe ich.

Sie war kurz zuvor 76 geworden und hinkte stark, fuhr den Rollstuhl mit der Großtante aber sehr geschickt, danke, sagte sie abweisend, wenn ihr jemand helfen wollte, danke, ich kann das schon.

Als wir wieder zu Hause waren, blieb das Zimmer dunkel.

Ich saß mehrere Nächte da, hielt die Kamera bereit und aß viel: Cracker, auf die ich Frischkäse strich; spanischen Ziegenkäse, gehüllt in eine feste Kräuterkruste; Schinken, roh oder gekocht, den ich dick auf Baguettescheiben legte.

Neben mir stand eine Kiste mit den Fotos, die wir ausgedruckt hatten. Im Schein einer Taschenlampe, die ich auf den Tisch gelegt hatte, ordnete ich immer ein paar von ihnen wie zu einem Puzzle oder einer Collage an; es war ein Spiel, mit dem irgendwann, eher zufällig, meine Frau angefangen hatte: Fünf Fotos in der ersten Reihe, drei in der nächsten, dann zwei, dann eins. Ich kombinierte Bilder von Brünetten und Blonden oder von Mädchen, die ich dienstags aufgenommen hatte. Dann wieder konzentrierte ich mich ausschließlich auf Beine und Münder, oder ich wechselte zwischen Bildern, die mir misslungen waren, und solchen, in denen ich zu meiner Überraschung ein gewisses fotografisches Talent zu erkennen glaubte.

Die Möglichkeiten waren endlos; das gefiel mir meistens; nur manchmal machte es mich ein wenig müde.

In einer Nacht erwachte ich und spürte, dass meine Frau nicht mehr neben mir lag. Sofort begann mein Herz stark zu klopfen; als es sich etwas beruhigt hatte, stand ich auf.

In der Küche war es dunkel.

Ich schaute in den Garten; im Licht des Dreiviertelmondes, der an einem wolkenlosen Himmel stand, sah ich meine Frau über den niedrigen Zaun klettern, der unser Grundstück von dem benachbarten trennte. Sie hatte sich einen alten Mantel von mir angezogen.

Sie ging, den Kragen hochgeklappt und die Hände in den Taschen, zur Rückseite des Hauses, in dem er wohnte. Mir fiel ein, dass wir einen Schlüssel zur Hintertür besaßen, den wir nie zurückgegeben hatten, seit uns das damals noch nicht ganz so alte Ehepaar gebeten hatte, die Pflanzen in seinem Wintergarten zu gießen, während es sich drei Wochen auf Teneriffa aufhielt.

Ich sah das Licht im Haus angehen, erst im Flur, dann in der kleinen Küche, und dann sah ich, wie meine Frau die Tür zum Schlafzimmer öffnete, es betrat und in seiner Mitte stehen blieb.

Sie ließ den Raum im Dunkeln.

Sie stand dort, alleine, nur von hinten beleuchtet, in dem abgetragenen Mantel, der ihr zu weit war, und mich erfasste eine schreckliche, unsinnige Angst, dass ihr etwas zustoßen könnte; gleich, ich wusste es, würde sich eine schwarze, maskierte Gestalt, ein blitzendes Messer in der Hand, auf sie stürzen. Ich wünschte, meine Frau würde zu mir heraufschauen, wenigstens kurz, aber sie tat es nicht. Sie stand regungslos in dem Zimmer, das leer war, völlig leer.

Sie zitterte leicht, als sie zurückkam. Ich wollte sie in den Arm nehmen, aber sie wehrte ab. Ich machte ihr einen Tee. Das ganze Haus ist leer, sagte sie, während sie ihre Hände an der Tasse wärmte. Er hat alles ausgeräumt und ist weg.

Das ist erst ein paar Wochen her, obwohl es mir viel länger vorkommt.

Jetzt ist Juli, und es ist sehr heiß, ein Sommer wie in Bilderbüchern, mit blauem Himmel, perfekt geformten Wolken und erfrischenden Gewitterregen.

Manchmal stehe ich nachts auf und setze mich in die Küche. Gestern hatte ich sogar den Fotoapparat zur Hand; wie lächerlich; denn ich weiß, dass er nicht wiederkommen wird.

Er war da, und jetzt ist er nicht mehr da, und das ist alles, was sich sagen lässt.

Die Bilderkiste habe ich auf den Speicher geräumt, in eine der hinteren Ecken, aber ich spiele mit dem Gedanken, sie wieder herunterzuholen und in das unterste Fach des Bücherschranks zu stellen. Eines Abends könnte ich meiner Frau ein paar Bilder zeigen. Vielleicht werden wir uns dann sagen, welche uns am besten gefallen, vielleicht aber auch nicht.

Sommer der Liebe

Rolf friert.

Als er aus dem Pool gestiegen ist, war das Badetuch weich und flauschig, jetzt klebt es nass, schwer auf seinen zusammengezogenen Schultern. Er versucht ein Zittern zu unterdrücken, es geht gerade so.

Sonne, liebe Sonne, scheine wieder.

So ein starker Wind, ganz plötzlich, sagt Onkel Helmut. Wie er den Rosenbusch auf- und niederdrückt. Böig ist er. Ich glaube, das gibt heute noch was. Jetzt weht er schon die Servietten weg.

Gut, dass ich die Kirschen an die Decke geclipst habe, sagt Onkel Helmut. Wie lustig die baumeln.

Rolf schaut die dunkelrot lackierten Metallkugeln an, paarweise verhindern sie, dass der Wind die Decke, unter die er fährt, auf den Gartentisch schlägt, dort stehen Gläser und Teller, eine Flasche Limonade und die Platte mit dem Kirschkuchen, zwei Stücke sind noch übrig. Vielleicht hätte Rolf vorher nicht so schlingen sollen, ihm ist ein bisschen übel.

Klack, klack machen die Kugeln, ganz leise, sie halten seinen Blick, dann kann er sich losreißen.

Er schaut auf die Hecke, die den Garten hinter dem Haus von drei Seiten umgibt. Groß und grün und dicht, da kommt keiner durch, denkt Rolf, und wenn man es noch so sehr versuchte. Das ist nicht wie bei einem Baum, in dem man bequem herumklettern kann, hier würde man im Gewirr der kleinen, dicht stehenden Äste stecken bleiben, atemlos, mit aufgeschürfter Haut.

Er steht auf.

Lass doch das Badetuch, sagt Onkel Helmut, aber Rolf schüttelt den Kopf und zieht es fester um seine Schultern.

Er geht zur Hecke, stellt sich dicht davor und legt den Kopf zurück. Oben der Himmel, mit glasigem Grau überzogen, die Hecke scheint ihn fast zu erreichen. Der Wind wird stärker, es braust in Rolfs Ohren.

Ich stehe auf einem hohen Berg, ich stehe am Strand, Muscheln und Wellen, eine rote Schaufel, ich baue eine Burg, und nun greift der Wind in die Hecke, biegt mit unsichtbarer Hand Zweige auseinander, an deren Ende kleine Zapfen sitzen, Rolf fasst sie an, auch die festen, schuppenförmigen Blätter.

Onkel Helmut sagt etwas, den Namen der Hecke, wie ein jauchzender Ruf, ein lang gezogenes »u« in der Mitte, Thuja, schön, nicht wahr.

Rolf wendet sich um.

Onkel Helmut lächelt und klopft mit der rechten Hand auf den Rasen neben sich.

Rolf bleibt neben Onkel Helmut stehen. Er wird sich nicht setzen, auf keinen Fall. Er wippt ein bisschen in den Knien, gräbt die Zehen ins abgekühlte Gras. Schau nicht zu den Kirschen.

Weißt du, dass das eine besondere Hecke ist?, sagt Onkel Helmut.

Du wirst mir vielleicht nicht glauben, sagt er. Du bist ja schon ein großer Junge.

Er wartet. Rolf sagt nichts. Ein Schauer überläuft ihn, jetzt bloß nicht zittern, denkt er.

Manchmal, wenn ich nachts nicht schlafen kann, stehe ich auf und gehe zum Fenster, sagt Onkel Helmut. Ich schaue runter in den Garten, sagt er. Wie friedlich der dann ist.

Aber weißt du was, bei hellem Mondlicht, wenn's ganz still ist, habe ich schon gesehen, dass die Hecke sich von selbst bewegt. Du glaubst mir nicht, oder? Sieht genauso aus wie jetzt. Die Zweige biegen sich auseinander, aber ganz ohne Wind. Schau mal genau hin, dann kannst du's dir vorstellen.

Onkel Helmuts Blick gleitet über Rolf, über die schmalen Schultern, die dünnen, braunen Arme und Beine.

Aber du zitterst ja, sagt er.

Onkel Helmut steht auf. Er greift mit dem Daumen unter den Steg seiner Badehose und zieht sie mit einem Ruck zurecht. Er streift Rolf das Badetuch von den Schultern und legt ihm die Hand auf den Nacken, eine große, warme Männerhand, leicht schwielig. Gehen wir rein, sagt er leise.

Er fährt Rolfs Nacken hinauf, bis zu dem Flaum dicht unterm Haaransatz, und Rolf denkt, heute werde ich schreien, so laut, dass es in dem leeren Haus hallt, so laut, dass es durch die Hecke dringt, in die anderen Gärten, auf die Straße, ein Schrei, wie ihn noch keiner ausgestoßen hat.

Abends ist es ruhig im Haus.

Gerda ist heimgekommen und hat die Brotzeit gerichtet, jetzt schläft sie schon, müde von der Arbeit im Büro, ihr reizbarer Chef, immer wenn das Wetter umschlägt, schmerzt ihn das zerschossene Bein, mit verzerrtem Mund hinkt er umher, es ist nicht

einfach, ihn zu beruhigen, frisch aufgebrühter Kaffee und Selbst-
gebackenes müssen zur Hand sein.

Auch im Garten ist es ruhig. Es tut Helmut gut, hier auf und ab
zu gehen, alleine, das Gras kitzelt die nackten Füße, fast schon
schmerzhaft.

Am Wochenende kommt Erika, die Älteste, mit ihrem Verlobten
zu Besuch, ein netter Kerl, trotz der langen Haare, die ihm fast
bis über die Ohren reichen, im Herbst werden sie heiraten, bunte
Blätter, die kreiselnd fallen, zum Toast erhobene Gläser, mögen
euch viele gute Jahre beschieden sein, ein glücklicher Brautvater,
stolz kannst du sein, werden die Stammtischfreunde ihm sagen.

Es tut gut, den Rauch der letzten Zigarette dieses Tages in die
Lungen zu ziehen und langsam wieder hinauszulassen.

Dann der Stummel, kräftig weggeschnippt, eine kurze Glutbahn
im Dunkeln.

Der Mond spiegelt sich im Pool. Die Hecke steht still. Helmut
atmet tief ein. Er hält die Luft an, solange er kann, dann atmet er
wieder aus.

Funkelnd, im Sonnenlicht

Sophie sieht den Mann auf sie zukommen. Quer über die Wiese, die zur Straße hin leicht ansteigt. Das Grundstück am Ortsrand ist groß; es gibt hier nur noch ein paar andere Häuser. Der Mann macht lange, schnelle Schritte. Auf der Wiese sind zahlreiche Maulwurfshügel, er weicht ihnen aus, ohne hinzuschauen. Er hält den Kopf sehr steif, als hätte er eine unsichtbare Halskrause um. Warum schaut er uns so an?, denkt Sophie. Er trägt ein Hawaiihemd, wie komisch. Der Mann greift in seine hintere Hosentasche. Er streckt seinen rechten Arm aus und zielt mit einer Pistole auf Sophie und Max. Er geht weiter auf sie zu.

Sophie lässt die Hand von Max los. Ein Auto fährt an ihnen vorbei, sie sieht es nicht, sie hört nur den leise dieselnden Motor, die Reifen auf dem Asphalt.

Da ist ein Jägerzaun aus grauem, verwittertem Holz. Der Mann bleibt an ihm stehen. Sophie sieht die schwarze Mündung, die sich auf ihre Brust richtet, der Lauf der Waffe funkelt in der Sonne. Der Mann lächelt.

Max greift nach Sophies Hand und zieht sie mit sich fort. Sie stolpert weiter, schaut noch einmal über ihre Schulter, der Mann hat sich hinter ihr hergedreht und ist leicht in die Hocke gegangen. Er hält die Pistole jetzt in beiden Händen, so wie in Krimiserien, und er hält sie ein wenig höher, so dass er Sophies Kopf treffen würde. Sein Mund formt lautlos Schussgeräusche.

Schneller, sagt Max.

Wir müssen zur Polizei gehen, sagt Sophie.

Sie sitzt mit hochgezogenen Beinen in einem der weichen, altmodischen Sessel der Ferienwohnung. Max hat einen Schnaps eingeschenkt. Sie hat versucht einen Schluck zu trinken, aber ihr ist sofort übel geworden. Beim Zurückstellen ist das Glas übergeschwappt, auf dem niedrigen Holztisch hat sich eine kleine, helle Lache gebildet.

Polizei, sagt Max. Er zieht das Wort nachdenklich in die Länge.

Ja, sagt Sophie.

Bist du dir eigentlich ganz sicher?, sagt Max. Dass das eine echte Pistole war. Ich meine, das ging alles so schnell.

Das Ding hat in der Sonne gefunkelt. Das war kein Plastikteil.

Sophie gibt sich Mühe, nicht zu schreien.

Trotzdem kann's eine Spielzeugwaffe gewesen sein, sagt Max. Mein Onkel hatte mal so eine. Sah aus wie eine Pistole, war aber ein Feuerzeug. Sah lächerlich aus, wenn er sich nach dem Abendessen damit eine Zigarette angezündet hat.

Warum hast du meine Hand losgelassen?, sagt Sophie.

Gibt's hier überhaupt eine Polizei?, sagt Max. Das ist ein Feriendorf. Die paar Häuser der Einheimischen und die Wohnungen der Touristen. Wie viele Leute wohnen hier außerhalb der Saison? Er streift sein dichtes, leicht gewelltes Haar aus der Stirn. Er ist sehr groß, ungefähr anderthalb Köpfe größer als der Mann, der sie angegriffen hat. Hawaiihemd und Jogginghose, denkt Sophie.

Warum hast du meine Hand losgelassen?, sagt sie.

Habe ich nicht, sagt Max. Du bist plötzlich stehen geblieben und hast losgelassen.

Aber du hast nicht wieder nach mir gegriffen, sagt sie. Was hättest du gemacht, wenn er geschossen hätte?

In ihrer Kehle ist etwas, das sie am Sprechen hindert und zu sprechen zwingt.

Nichts hättest du machen können, weißt du das? Als nächstes hätte er vielleicht auf dich geschossen. Und warum hat dieses Auto nicht angehalten?

Vielleicht sollten wir doch zur Polizei, sagt Max.

Vergiss es, sagt Sophie.

Sie springt auf, geht ins Bad und fährt sich vor dem Spiegel mit der Bürste durchs Haar, schnell, fast grob, achtet nicht auf das Ziepen, wenn sie hängen bleibt, im Flur greift sie nach ihrer Handtasche, sie ist schon an der Tür, als Max sagt: Wohin gehst du?

Sophie fährt mit dem Fuß über den Asphalt, reibt mit ihrer großen Zehe über drei, vier Steinchen.

Sie zieht ihre Sandale wieder an. Sie zückt ihr Samsung und schießt schnell ein Foto.

Das Haus liegt weniger weit von der Straße entfernt, als sie den Eindruck hatte. Es schaut unbewohnt aus. An seiner linken Seite blättert Putz ab. Die Blumenkästen, die vor dem großen Balkon und vor den Fenstern hängen, sind leer. Sophie macht noch ein Foto, diesmal hochkant. Sie geht auf die andere Straßenseite. Neben dem Bürgersteig beginnt sofort der Wald, der sich dicht den Hügel hochzieht, bis zu dem aufgelassenen Steinbruch, in dem sich, zwischen schroffen Wänden, ein kleiner See gebildet hat.

Der See ist sehr grün.

Sophie hat Käse in kleine Würfel geschnitten. Der Korken des Cabernet bröselt, sie gießen den Wein durch ein Taschentuch in zwei Gläser.

Max lächelt.

Warum ziehst du nicht dein Shirt aus, sagt Sophie. Oder deine Hose. Oder alles. Hier ist niemand.

Sie berührt vorsichtig das Muttermal unter seinem rechten Schlüsselbein. Sie spürt eine Ameise in ihrem Haar, ein zartes Krabbeln. Kurz nachdem Max in sie eingedrungen ist, kommt sie; er wird laut, sie auch.

Das war vor zwei Stunden.

Jetzt wäre eine Bank gut, um sich hinzusetzen, aber es gibt nur eine Bogenlampe, an die Sophie sich lehnen kann.

Sie schließt die Augen und hält sie zu, so fest sie kann. Die Straße ist leer, kein Auto, niemand zu Fuß unterwegs. Im Wald hinter ihr entfernen sich vereinzelte Vogelrufe.

Sie hört, wie ein Ball in regelmäßigen Abständen auf den Asphalt geschlagen wird. Ein hohes, zischendes Geräusch, wie ein Plastikball es hervorruft, nicht das satte, fette Klatschen eines Lederballs.

Sophie öffnet die Augen und sieht ein Mädchen neben sich stehen. Das muss Monika sein. Sophie ist nicht verwundert, auch nicht über diesen Namen. Ein altmodischer Name, ein Tantenname. Gibt es heute wieder Mädchen, die so heißen? Es gibt ja auch wieder Hedwigs, Paulas und Gerdas.

Monika lässt den Ball mit einer Hand weiter auf und ab hüpfen, einen roten Ball mit weißen Punkten.

Sie deutet auf das Haus und sagt: Da wohnt mein Onkel. An meinem Geburtstag vor drei Jahren hat er mich besucht, aber da war ich noch zu klein, ich kann mich nicht mehr erinnern. Seitdem habe ich ihn nicht mehr gesehen. Kennst du ihn?

Sophie schüttelt den Kopf.

Monika trägt halboffene rote Schuhe mit schmalen Riemen und ein Kleid mit wippendem Saum, der kurz über ihren Knien endet. Die Schleifen in ihren blonden Zöpfen haben dieselbe Farbe wie das Kleid, ein dunkles Blau.

Komm mit, sagt sie und greift nach Sophies Hand.

Ich habe oben im Wald meinen anderen Ball verloren, sagt sie.

Ich habe mich im Kreis gedreht und ihn hochgeworfen, da muss er in einem Baum gelandet oder fortgerollt sein.

Du musst mir helfen, ihn zu suchen.

Sie gehen den Hügel hoch, Monika leicht voraus, der Griff ihrer rechten Hand ist kühl und fest, den Ball hat sie unter den linken Arm geklemmt. Der Weg ist steil, Monika geht schnell, und Sophie kommt außer Atem.

Sie bleibt stehen.

Monika lässt ihre Hand los, schaut kurz zu ihr auf und geht weiter. Sie nimmt den Ball in beide Hände, wirft ihn hoch, fängt ihn auf und beginnt zu zählen: Eins, zwei, drei, vier, fünf, sechs, sieben, dann beginnt sie von vorne.

Hinter einem Baum tritt der Mann hervor. Sophie ist sich nicht sicher, ob sie Angst hat. Er hält ihr die Waffe in der offenen Hand hin, sie fährt über den kühlen, dunkel glänzenden Schaft, streicht mit ihrem Daumen über den geriffelten Kolben.

Sie sagt etwas. Der Mann lächelt.

Der Wald kommt ihr jetzt viel größer vor, außerdem ist er lichter als in dem Bereich, in dem sie mit Max unterwegs war. Zerzauste Kiefern, durch deren magere Kronen hell das Sonnenlicht fällt. Leises Windrauschen, am Himmel sind kaum Wolken.

Monika ist hoch über ihr, sie hat sich umgedreht und lächelt, sie hält den Ball fest in beiden Händen, gleich wird sie ihn Sophie zuwerfen, in hohem Bogen.

Sophie ruft einen Namen. Sehr laut. Das Echo wirft ihn mehrfach zu ihr zurück, aber sie kann ihn nicht mehr verstehen.

Der Sohn

Es war wieder gut. Er ging neben ihr her, in jenem merkwürdigen, hüpfenden Schritt, an dem sie ihn selbst aus großer Ferne erkannt hätte. Zu schnell oder zu langsam, stolpernd, ein Kind ging so, aber er war ja keines mehr, in den letzten Monaten hatte ihre Scheitelhöhe sich angeglichen, bald würde er sie überholt haben. Mein Kleiner, dachte sie, mein Großer, mein Sohn.

Sie fuhr sich mit der Zunge durch den trockenen Mund. Die Schmerzen waren besser geworden, aber mitunter blieb sie kurz stehen, um unauffällig ein wenig durchzuatmen.

Es war heiß, sie wünschte sich Wind, der über ihre Stirn fuhr, flatternde Kleidung. Sie spürte den Blick ihres Mannes, gerne hätte sie etwas zu ihm gesagt, aber die anderen aus der Gruppe drängelten sofort an ihnen vorbei, ungeduldig, rempelnd, und überhaupt, was gab es zu sagen.

Sie schaute ihn nur an und hob ein wenig beide Mundwinkel.

Im Tempel waren ihnen die Worte von den Lippen gesprungen, wie Früchte, die aus einem umgestürzten Korb kollern.

Sie hatte den Sohn sofort gesehen. Mit untergeschlagenen Beinen und einem schwarzweiß gemusterten Schaltuch um den Hals saß er, leicht erhöht, auf einem Teppich und unterstützte seine Rede mit lebhaften Gesten.

Vor ihm, in mehreren unordentlichen Halbkreisen, waren Männer versammelt, manche mit dem ersten Bart auf den Wangen, manche gebeugt, den Blick getrübt von den vielen Nächten, in denen sie unermüdlich die Schriften studiert hatten. Gelehrt schauten sie alle, aber auch unterwürfig, erstaunt. Sie hörten zu. Wie ein König sieht er aus, dachte sie. Es hat ihn immer schon gegeben, niemandem bewusst, unberührt ist er durch alle Kreise der Zeit geschritten, und jetzt ist er offenbar geworden.

Für einen Moment stockte sie, was schoss ihr da durch den Kopf, sie war verwirrt, zugleich spürte sie Stolz auf den Halbwüchsigen, Kraushaarigen, Ungewaschenen; dann erschrak sie und eilte hinter ihrem Mann her, der zornig vorangeschritten war, und aus beider Mund lösten sich die Sorgen des letzten Tages in heftige Vorwürfe.

Dass er verschwunden war, hatten sie zunächst gar nicht bemerkt. Er lief ja gerne voraus oder fiel weit zurück, vertieft in den Anblick einer Distel oder einer Eidechse am Wegesrand; später kam er angerannt, um mitzuteilen, was er beobachtet hatte. Oder er schloss sich anderen aus der Gruppe an, dem alten Joshua etwa, nie hatte jemand aus dessen Mund mehr als Flüche oder derbe Witze gehört, mit dem Sohn aber redete der Zausel leise, bestimmt, unablässig. Wie zwei Weisheitslehrer gingen die beiden nebeneinander her, hatten die Hände auf dem Rücken verschränkt und tauschten sich über weiß Gott welche Dinge aus.

Oder Rebecca.

Als letzte war sie beim Antritt der Reise aufgetaucht, hatte sich an den Rand der Gruppe gestellt, die Arme verschränkt, lächelnd. Die Männer hatten geschaut und die Frauen sich zischelnd Worte zugeworfen.

Dass so eine es wagte, sich ihnen anzuschließen. Sie sollte sich ja geändert haben. Kein Wunder, sie war nicht mehr die jüngste,

Falten, was war noch straff, was hing, irgendwann war's vorbei.

Oder auch nicht: Wie sie sich im Verhüllen entblößte, die Spitzen der Brüste drückten durch den Stoff, aufreizend, wie sie ihren Kopf in den Nacken warf, ihr mit Henna tiefrot gefärbtes Haar. Auch zu ihr hatte der Sohn gefunden, etwas zu dicht kamen vielleicht mitunter ihre Schultern, aber es passierte nichts Ungehöriges, der Vater hatte scharf hingeschaut, dennoch schwieg er, Aufruhr lag ihm nicht. Zum Streit war es erst gekommen, als der Sohn sich dem Gespräch mit dem Kaufmann verweigerte. Der hatte in sein prächtiges Zelt gebeten, das er bei jeder Gelegenheit, die sich bot, aufschlagen ließ. Ein großer, schwerer Mann mit starken Augenbrauen. Ein Diener, der einen Palmwedel schwang, gekühlter Saft und Früchte in silbernen Schalen. Über das rechte Tun und Lassen wollte der Kaufmann sprechen, über die Dinge zwischen Himmel und Erde.

Sorgen drückten ihn, schlechte Träume, in denen Feuerrosen blühten, hell aufschießend, die Flammen leckten nach ihm, gierig, heißer brennend als jedes Feuer, er erwähnte das Kamel und das Nadelöhr. Seine Augen wurden feucht, seine Stimme, die immer leicht ölig klang, schwankte ein wenig.

Sie, die Eltern, hatten sich im Hintergrund gehalten.

Der Sohn kriegte den Mund kaum auf. Er mimte Nichtverstehen, fraß süße, dunkelrote Trauben, genüsslich, mit vollen Backen, spuckte in wenig manierlicher Weise Dattelkerne aus und brummelte auf drängende Fragen Unverständliches vor sich hin. Der Kaufmann hätte gerne geschrien, was bildete dieser Bengel sich ein, aber er beherrschte sich, mit Mühe, etwas hielt ihn zurück. Mit einer verärgerten Handbewegung wurden sie alle drei schließlich entlassen.

Sie schwieg, aber ihr Mann geriet in Zorn. Dass man auf sich stolz sein könne, gewiss. Dass es keinen Grund gebe zu buckeln, das verstehe sich von selbst, er, der Vater, gelte schließlich etwas, seine Arbeit sei gefragt, nicht umsonst habe der Weinbergsbesitzer aus dem Nachbarort kürzlich wieder eine große Ladung Fässer bestellt. Aber ein wenig geschickt müsse man sich schon verhalten können, erst recht, wenn man wie er, der Sohn, als Handwerker nichts Nützliches zustande bringe und offenbar vor allem zum Reden tauge.

Sie legte die Hand auf den Arm ihres Mannes, sanft, mit nur leichtem Druck, aber der konnte sich nicht beruhigen, so war er sonst nicht, eine Ader schwoll auf seiner Stirn, seine wütende Stimme kippte kurz ins Heisere.

Der Sohn hörte zu, mit leicht schräg gelegtem Kopf und offenbar völlig unbeeindruckt. In seinen Augen glomm etwas, sie war sich nicht sicher, was es war, Nachsicht oder sogar eine milde Amüsiertheit. Er lief fort, nach einer Weile war er wieder da, schob seine Hand in die des Vaters, als sei nichts geschehen. Eine immer noch schmale Hand, eine kräftig behaarte Zimmermannspranke. Der Vater ließ es zu, nachsichtig auch er, doch auf andere Weise.

Am gestrigen Tag aber, als sie ihn vermissten, kam der Sohn nicht wieder. Im Trubel des Aufbruchs in der großen Stadt, endlich ging es wieder nach Hause, hatten sie ihn aus den Augen verloren, und beim ersten Halt war er nirgendwo zu finden. Sie zupften an Ärmeln, fragten, ernteten nur Kopfschütteln. Niemand hatte ihn gesehen. Als sie, mit gestiegener Unruhe, zum zweiten Mal die Gruppe durchquerten, bat sie ihren Mann, alleine weiter zu suchen.

Die Schmerzen, die sich schon am Morgen angekündigt hatten, waren unerträglich geworden. Es war, als würden sieben Sägen, scharfe und stumpfe, durch ihren Unterleib gezogen. Es fiel ihr schwer, nicht laut zu stöhnen. Hinter einem Kamel, das gleichmütig kaute, hockte sie sich nieder.

Sie kannte sich, sie war keine von den Frauen, die sich vom Wirken des Mondes überraschen ließen, oder davon, dass ihr Bauch sich rundete. Schon vor der Reise hatte sie gerechnet und gewusst, was sie erwartete, schlimm war es immer, doch diese Heftigkeit, die alles Gewohnte bei weitem übertraf, machte sie hilflos. Sie strich über ihren Bauch, vorsichtig, mit den Fingerspitzen, sie starrte auf den Sand, rotschwarze Kreise tanzten vor ihren Augen, hoben und senkten sich, langsam und schnell, dann berührte ihr Mann vorsichtig ihre Schulter und sagte leise:

Nichts, nirgendwo.

Sie machten sich auf den Weg zurück in die Stadt. Die Stadt des Königs, der ein Hirtenjunge mit einer Schleuder gewesen war, dort musste der Sohn geblieben sein. Es sei denn, Räuber, geschickt in einer Senke verborgen, hatten ihn entführt; sie versuchte den Gedanken wegzuschieben, er kam hartnäckig wieder.

Joshua lieh ihnen seinen Esel, ein struppiges, altes Tier mit unsicherem Gang, aber sie war froh, nicht laufen zu müssen, obwohl dieser Ritt sie an etwas erinnerte, das sie, wie so vieles, gerne vergessen wollte.

Der beschwerliche Weg vor Jahren, mit dem Kind im Bauch, und dann die Flucht in das ferne Land, ihr verstörter Mann, was hatte er nicht zuvor schon aushalten müssen, als alle ihm rieten, sie zu verstoßen. Er träumte nie, schnarchte nicht einmal, ruhig hob und senkte sich seine Brust, sofort nachdem er eingeschlafen war, aber in jener Nacht war ihm ein Bote erschienen, geflügelt, in helles Licht gehüllt, und hatte ihn gewarnt. Er sprang auf, rüttelte sie wach, und so waren sie nach hastigem Aufbruch dem Gemetzel entkommen; sie hatte nicht schreien müssen, hilflos und verzweifelt, wie die anderen Frauen, denen Soldaten, durch die Stadt strömend, die Kinder von der Brust oder aus den Betten rissen, um sie zu zerschmettern, mit Schwertern zu zerteilen, Blut in den Räumen, auf den Höfen, den Straßen. Furchtbar war der Zorn der Mächtigen, furchtbarer noch ihre Angst.

Als sie heimgekehrt waren, hatte sich alles beruhigt, endlich. Aber wollte sie ehrlich sein, stimmte das nicht. Immer war ja etwas gewesen, kleine Abweichungen, die zeigten, dass es nicht möglich war, in die gewohnte Bahn des Lebens zurückzukehren. Ihr Mann nahm es hin, ergeben, wie er war, unbeweglich auch, aber in ihr arbeitete es, sie musste sich Gedanken machen.

Der Sohn fiel auf.

Manchmal erinnerte er sie an den Sprössling der armen Rut, zwei Straßen weiter. Mehrere Stunden hatte die in den Wehen gelegen, mit rotem Kopf, schweißnass und schreiend, bis ihr erster Sohn kam und dann, viel zu spät, ihr zweiter, fest in seine Nabelschnur gewickelt. Der lungerte jetzt herum, steckte Ziegen Stöckchen in den Hintern und entblößte sich, albern grinsend, vor den Weibern am Waschplatz.

So einer war der Sohn nicht. Aber er konnte einen ganzen Tag schweigen, hartnäckig, als hätte ihm ein Djinn die Zunge geraubt, oder er redete wie ein Wasserfall, dem Vater und ihr ununterbrochen auf den Fersen, gleich was sie taten, oder er beugte sich eine Stunde über einen Brunnen und starrte hinein, als lägen dort alle Wunder der Welt verborgen.

In der Werkstatt war nicht viel mit ihm anzufangen. Der Vater hatte zu tun, die Auftragslage war gut, der Sohn sollte, musste helfen, doch vieles misslang ihm, oft schon Einfaches, wozu jeder Lehrling fähig war; manchmal zerbrach ihm auch das Werkzeug, dass er sich nicht verletzte, war ein Wunder – aber dieses Wort nahm der Vater nicht mehr gerne in den Mund.

Der Esel blieb stehen. Schob seine Schnauze vor und begann an Büscheln von trockenem Gras zu zerren. Sie stieg ab, ihre Knie zitterten ein wenig, ihr war übel. Es dämmerte. Die Stadt konnte nicht mehr weit entfernt sein.

Eine Weile standen sie da, Hand in Hand, schweigend und ohne sich anzublicken, bis der Esel sie vorsichtig mit dem Kopf stupste, leise wiehernd, bereit weiterzugehen.

Was dem Sohn als Handwerker gelang: nichts, mit dem sich irgendetwas hätte anfangen lassen. Ein Tisch mit dünner Platte auf leicht geschwungenen Füßen; zarte Holzpuppen, zu zerbrechlich für Kinderhände; ein Fass, so zierlich, dass man es auf eine Hand stellen konnte. Pfeile, verziert mit rätselhaften Zeichen, die entfernt an Zahlen erinnerten.

Eines Tages bat er sie beide in die Werkstatt, wo auf zwei zusammengerückten Bänken ein großer Gegenstand wartete. Sie hob das weiße Tuch, unter dem er verborgen war. Zum Vorschein kam eine Arche, ungefähr zwei Arme lang, knapp einen Arm hoch, breit gewölbt und mit niedrigen Aufbauten. An Deck die fromme Familie, die dem vom Herrn über die Menschheit verhängten Schicksal entkommen sollte, der lange Bart des Patriarchen bestand aus kleinen, kunstvoll gekräuselten Sägespänen. Eine Klappe im Rumpf ließ sich öffnen und gab den Blick frei auf zwei Reihen von Brettchen, dort stand eine große Zahl von Tieren, zwei von jeder Art. Unglaublich war, dass der Sohn so etwas geschaffen hatte, und dazu: Wann?

Wochenlang hatte er abends oder nachts heimlich daran arbeiten müssen, aber nie war ein Sägen oder Hämmern an ihre Ohren gedrungen. Sie wollten ihn fragen, aber er war plötzlich verschwunden, die Tür der Werkstatt stand offen, Staub zog langsam durch das Sonnenlicht. Erstaunt und neugierig, wie Kinder, die überraschend beschenkt worden waren, griffen sie in den Bauch des Schiffes und förderten immer Neues zu Tage: Katzen und Hunde, Pferde, Kamele und Elefanten, Vögel und Spinnen, dazu Tiere, die sie noch nie gesehen hatten.

Eines saß auf kräftigen Hinterbeinen und hatte die vorderen Beine erhoben wie ein Faustkämpfer, ein anderes glich einem Löwen ohne Mähne, die ungewöhnliche Maserung des Holzes – wo hatte der Sohn es gefunden? – deutete Streifen an. Und dann ein wahres Satanstier: eine hoch aufgerichtete Echse mit verkrüppelt wirkenden Vorderbeinen, im drohend klaffenden Maul standen spitze Zähne.

Sie räumten alles wieder zurück. Sie schlossen die Klappe, und ihr Mann breitete das Tuch über das Schiff, verstaute es in einer Ecke. Es wurde nicht mehr darüber gesprochen, und den Sohn schien nicht zu interessieren, wie das Urteil der Eltern über sein Werk ausgefallen war.

Wochen später, als sie ihrem Mann einen Krug Wasser brachte, die Mittagshitze drückte schwer auf die Werkstatt, sah sie, dass er etwas in der Hand hielt, über das er mit seinem Daumen strich. Es war das gemaserte Tier.

Sie nahm es, strich ebenfalls darüber und spürte eine Wärme, die aus dem Inneren des Holzes drang. Da lief etwas von ihrer Hand zum Kopf, und da war ein feuchtschwerer Wald, eine große Katze, die durch Blüten glitt, grüne Augen leuchteten, und ein Schwarm von Vögeln stieg auf, kreischend, unter heftigem Flügelschlagen.

Sie legte das Tier fort und nahm die Hand ihres Mannes.

Sie zog ihn mit in den kleinen Schlafraum, legte sich auf das breite Bett, und während er, wie immer etwas ungeschickt, erst sie, dann sich entkleidete, dachte sie kurz noch an die Augen des gestreiften Tieres, ob es wohl Seen von solcher Farbe gab, irgendwo, und dann dachte sie an Wolken, sie ballten, sammelten und entluden sich, das Wasser versickerte und gelangte auf verborgenen Wegen zu dem Brunnen, in den der Sohn geblickt hatte, es wurde von Frauen geduldig geschöpft oder verdunstete langsam, und dann fiel ihr der Kaufmann ein, der ihr, während er auf die Reparatur eines Rades wartete, von seinen vielen Reisen erzählt hatte, von selbst Erlebtem oder von dem, was er an verlöschenden Lagerfeuern gehört hatte, ferne Länder gab es, wo das Jahr vielfältiger, abwechslungsreicher verlief, riesige Wälder wuchsen dort, die im Herbst wie in Flammen standen, im Winter fiel gefrorener Regen, weiß und leicht, und im Frühling, hatte der Kaufmann gesagt, im Frühling, ihr Herz schlug schneller, schossen auf grünen Wiesen Blumen empor, bunte Blumen sonder Zahl.

In der Stadt angekommen, fanden sie den Sohn nicht in der Herberge, und niemand konnte ihnen sagen, wo er geblieben war. Sie verbrachten eine unruhige Nacht, höchstens im Halbschlaf, ihr Mann hatte den Arm um ihre Schultern gelegt.

Am frühen Morgen, die Dunkelheit war kaum gewichen, eilten sie durch die leeren Straßen, die Stände der Händler auf dem Markt waren noch geschlossen, nur ein paar Katzen und verspätete Trunkenbolde begegneten ihnen.

Vor dem Tempel zögerte sie einen Moment.

Sie ging nicht mehr gerne dorthin. Was ihr widerfahren war, hatte sie von den Frommen getrennt. Wovon diese nur redeten, das war in ihr Leben getreten, etwas hatte sich ihr geöffnet, etwas Ungeheures, und blieb, wie eine Wunde, die sich nicht schließen wollte.

Wünschte sie sich wirklich, den Sohn hier zu treffen? Aber ja, sie wünschte es, alles andere wäre Sünde gewesen, er war ihr Kind, wie sehr sie ihn doch liebte, und jetzt winkte ihr Mann schon, ungeduldig, wo blieb sie nur.

Dann ging alles sehr schnell. Sie schrien ihn an, und er blieb gelassen. Was sucht ihr mich, sagte er, auch diesen Satz würde sie im Herzen bewahren müssen, wie so viele Sätze zuvor, ich bin im Haus meines Vaters, sagte er.

Weitere Widerworte gab es nicht.

Er stand auf, strich über sein Gewand, rückte an dem Schal und verabschiedete sich von seinen Zuhörern, wortlos, mit einem Lächeln und einem kurzen Heben der Hand.

Gehen wir, sagte er.

Sie waren kurz vor dem Ausgang, als ihnen ein alter Mann hinterhereilte. Er packte den Sohn am Ärmel, zog ihn ein paar Schritte fort und begann leise auf ihn einzureden.

Der Sohn antwortete ebenso leise, und was es auch war, es ließ den anderen zusammenzucken, in die strengen Kerben seines Gesichtes mischte sich Angst, aber der Sohn nahm ihn an den Schultern, sagte noch einige Sätze, und damit war es wohl gut, der Alte rappelte sich auf, nickte erleichtert. Der Sohn umarmte ihn, ging zurück zu seinen Eltern und lächelte sie kurz an.

Gehen wir, sagte er noch einmal.

Sie hatten geglaubt, nun alleine heimreisen zu müssen, so viele Stunden waren vergangen, aber dann fanden sie ihre Gruppe nur wenig von dem Ort entfernt, wo sie eilig umgekehrt waren.

Da war eine schäbige Herberge mit löchrigem Dach und schiefen Mauern voller Risse. Ein Kind, das im roten Sand spielte, der ringsum lag, erblickte sie und rief laut ihre Namen.

Schon quollen ihnen die Leute entgegen und redeten fuchtelnd auf sie ein, die Arme ausgestreckt oder erhoben, ein Stimmenwirrwar, der unverständlich blieb, bis der Kaufmann und Joshua sich mit den Ellenbogen nach vorne kämpften und, lauter als alle anderen schreiend, nach Ruhe verlangten.

Nie hatten diese beiden sich eines Blickes wert befunden, aber nun erzählten sie, einander ergänzend wie ein altes Ehepaar, was vorgefallen war.

Eine große Müdigkeit hatte am Tag zuvor alle erfasst. Hier hatten sie Rast gemacht, um bei Wasser und Fladenbrot wieder zu Kräften zu kommen.

Beim Aufbruch aber erhob sich Wind, der schnell stärker wurde, er strich über den Boden und warf Sand auf ihre Füße, blies ihnen heulend ins Gesicht. Die Tiere scheuten. Die Kinder und Frauen schrien zuerst, als sie sahen, was auf sie zukam, dann die Männer.

Eine rotbraune Walze, schnell wie eine Flutwelle, höher als eine Flutwelle, und schon waren sie mittendrin, der Sand nahm ihnen den Atem, drang hinter die Tücher, die sie sich vergeblich vor Nasen und Ohren hielten, ließ sie mit dem Ersticken kämpfen. Nachtfinster war es.

Sie wichen zurück, ein Klumpen von Menschen und Tieren, zurück in des baufälligen Hauses Schutz, der keiner war, der Sand peitschte durch die Fenster, gnadenlos; wie lange, sie wussten es nicht. Und dann war es still, aber sie blieben liegen oder sitzen, betäubt, auf die Rückkehr der Kräfte wartend, bis der schrille Ruf des Kindes die Rückkehr der kleinen Familie verraten hatte.

Der Kaufmann und Joshua schwiegen.

Für einen Moment schwiegen alle.

Bis jemand aus der Gruppe, leicht krächzend, sagte: Da ist er ja wieder, euer Sohn. Wo hat er denn gesteckt?

Sie brachen auf.

Joshuas Angebot, erneut den Esel zu besteigen, lehnte sie ab, der Alte, dessen rasselndem Atem immer noch Sand beigemischt zu sein schien, brauchte das Tier notwendiger als sie.

Außerdem wollte sie gehen, so schwer es ihr fiel, sie wollte festen Boden unter sich spüren, sorgfältig rollte sie ihre Füße ab, Schritt für Schritt, einen nach dem anderen.

Das tat gut, zumindest für eine Weile. Jetzt hatten die Schmerzen wieder zugenommen. Ein Krampf, der nicht nachlassen wollte, bald würde es so weit sein, in ein paar Stunden.

Sie war verschwitzt zurückgefallen, die letzte von allen, wo war ihr Mann? Sie hatte den Eindruck, dass es dämmerte, würde sie den Kopf zurücklegen, sähe sie den Himmel voller Sterne, aber das konnte nicht sein, noch war heller Tag.

Der Sohn kam ihr entgegen, die Locken wehten ihm in die Augen, es musste Wind aufgekommen sein, warum spürte sie keine Kühlung? Er streckte seine Hand aus.

Komm, sagte er, es wird alles gut.

Sie nickte, vielleicht schüttelte sie auch den Kopf, sie wusste es nicht genau.

Sie fühlte sich müde und schwer, es war, als würde aller Sand des vergangenen Sturms in ihren Kleidern, auf ihrer Haut lasten und sie niederdrücken. Sie dachte, dass es gut wäre, sich fallen zu lassen, sich an die Erde zu schmiegen und mit ihr einszuwerden, in ihr zu verschwinden, ohne dass eine Spur blieb.

Aber sie musste weiter, das wusste sie, und also ging sie ihren Weg.

Ira

Der Wecker sprang an, ein lästiges, pochendes Piepsen, das sich in meinen Schädel bohrte; es war kurz nach sieben, und mir fiel ein: Heute ist Samstag. Ich schlief weiter. Als ich aufwachte, war es 14 Uhr 18. Ich lag auf dem Rücken und schaute zur Decke; der feine Riss, den ich in der Nacht erkannt zu haben glaubte, war nicht mehr zu sehen.

Das Handy klingelte, auf dem Display stand: Ira; es hörte auf zu klingeln, begann sofort wieder, nach der vierten oder fünften Runde gab ich auf und ging dran.

Ich bin's, sagte sie. Es ist so weit. Hat vor ein paar Stunden angefangen. Kommst du. Sofort.

Ich sagte nichts. Mir war übel, mein Kopf tat weh. Vielleicht war da doch ein Riss in der Decke.

Was ist, sagte sie. Hörst du mich?

Was ist mit Lu?, sagte ich. Die wollte doch unbedingt mitkommen. Hat die keine Zeit?

Lu ist hingefallen, vor ihrer Wohnung, sagte Ira. Glatteis, in der vorletzten Nacht. Die hat überall Prellungen, kann sich kaum von ihrer Couch fortbewegen.

Glatteis, sagte ich, wieso, es ist Mai, wo soll da Glatteis herkommen.

Was weiß ich, Bodenfrost vermutlich, sagte Ira. Oder Lu war wieder bekifft und besoffen, und hat's nur behauptet, aber, fuck, das ist doch jetzt so was von egal, komm her, sofort, weißt du, wie scheißweh das tut.

Und was ist mit Max, sagte ich.

Ira stieß einen Laut aus, eine Mischung aus Seufzen und Knurren. Du hast es versprochen, sagte sie. Damals.

Ich habe gar nichts versprochen, sagte ich.

Ich öffnete das Fenster und ließ den Verkehrslärm herein. Die Sonne schmerzte mir in den Augen. Ich zündete eine Lucky an, sog den Rauch und die Abgase der Autos ein, die auf jeweils drei Spuren in die Stadt oder aus der Stadt rasten, in vielen saßen bestimmt Familien, ich stellte mir schlecht gelaunte Väter vor, nervöse Mütter, schweigende Kinder, deren Finger geübt über Handys oder Tablets glitten.

Der Jim Beam neben meinem Bett war fast leer. Ich nahm einen Schluck, dann noch einen, ich hatte das Gefühl, Spiritus zu trinken, das Wasser lief mir sauer im Mund zusammen. Ich ging ins Bad, um mich in der Dusche zu übergeben.

Auf Iras Namensschild stand nur: Ira. Bei unserem letzten Treffen, kurz bevor sie in einen Bus gesprungen war, hatte sie auf den Hausmeister geschimpft, der darauf bestehen wollte, auch ihren Nachnamen auf das Schild zu setzen.

Hausmeister, Hausverwalter, das sind alles Faschisten, sagte sie. Denen könnte nichts Schöneres als eine neue Machtergreifung passieren, die gäben doch alle phantastische Blockwarte ab.

Passanten schauten zu uns her, es war mir unangenehm, sie redete sehr laut, schrie fast, ihr Gesicht war gerötet.

Findest du nicht, dass du ein bisschen übertreibst, sagte ich.

Nein, sagte sie, ich übertreibe überhaupt nicht, keine Spur.

Ich drückte auf die Klingel. Ira öffnete nicht. Ich drückte noch einmal, länger, und wartete. Ich trat einen Schritt zurück und schaute nach oben, zum zweiten Stock, aber die Tür des kleinen Balkons, auf dem sie ein paar magere Topfpflanzen und halb vertrocknete Kräuterbüsche stehen hatte, war verschlossen.

In der Wohnung darunter war ein Küchenfenster gekippt, ich hörte Geschirr- und Besteckgeklapper, ein Mann sagte: Ich geh jetzt ins Bad, du möchtest nicht ins Bad, oder? Eine Frau antwortete: Nein, jetzt nicht, später, und dann wurde eine Badtür geschlossen, ziemlich laut, das Badfenster war auch gekippt, eine Dusche begann zu laufen, in der Küche zerschellte ein Glas auf dem Boden, es klirrte hell, und zu meinen Füßen hörte ich ein Miauen.

Ich wählte Iras Nummer. Nachdem es sieben Mal geklingelt hatte, meldete sich die Mailbox. Ich legte auf.

An meinen Knien rieb sich eine dicke, rote Katze. Sie warf sich auf den Rücken, wälzte sich auf die linke und rechte Seite, hob den Kopf und schnurrte auffordernd. Ich hockte mich hin und kraulte sie, mit einer Hand, mit beiden Händen. Als ich ihren Bauch zu kraulen versuchte, schnappte und tatzte sie spielerisch nach mir.

Die Haustür ging auf. Ein Mann kam heraus. Er trug eine Frührentner-Jogginghose und hatte eine Mülltüte in der Hand. Er blieb neben mir stehen, blickte auf die Katze und sagte: Ach, die. Sein Gesicht war rötlich und zerfurcht; er roch nach Bier und Zigaretten.

Die streift schon seit einigen Wochen ums Haus, sagte er. Ich mag ja keine Katzen, aber irgendjemand hier muss die füttern.

Die Haustür ging wieder auf. Iras Haar war orange gefärbt; falls sie noch denselben Prinzipien folgte wie früher, wurde es im Juni blau sein. Sie trug keine Jacke, und ihr T-Shirt spannte über dem riesigen, kugelförmigen Bauch. Sie zog eine schwere, schwarze Reisetasche hinter sich her, eine von denen, die am Ende zwei Rollen haben; aber bei dieser fehlte eine Rolle.

Sie schrie mich an: Kannst du mir vielleicht helfen!

Ich hab geklingelt, sagte ich. Mehrfach. Ich hab dich angerufen.

Nimm die Tasche, sagte sie.

Wir gingen zum Auto. Der Mann in der Jogginghose stopfte seinen Müllsack in eine Tonne und rief uns hinterher: Na dann, alles Gute.

Wolltest du den Ford nicht verkaufen?, sagte Ira. Und wolltest du nicht aufhören, beim Fahren zu rauchen?

Sie verzog angewidert das Gesicht. In dem kleinen Auto wirkte ihr Bauch noch größer; Zwillinge oder Drillinge, dachte ich, würden nicht mehr Platz einnehmen können.

Sie legte den Kopf zurück, schloss die Augen und stöhnte leise. Ihr Gesicht war rot und blass. Sie sagte: Fahr!

Was ist?, sagte ich. Tut's immer noch so weh?

Natürlich, du Idiot, sagte sie. Glaubst du, das wird besser? Frag doch nicht so blöd.

Sie stöhnte wieder, aber anders.

Warte, sagte sie, ich muss noch mal hoch. Ich hab die Slips vergessen. Fuck.

Soll ich sie holen?, fragte ich.

Sie schüttelte den Kopf. Nein, ich gehe selbst.

Sie öffnete die Tür und ließ sich, halb ausgestiegen, zurückfallen. Sie presste die Lippen zusammen. Okay, sagte sie, geh du. Die Kommode im Schlafzimmer, in der mittleren Schublade, der linke Stapel. Aber du wühlst mir nichts durch, ja, lass die anderen Schubladen in Ruhe. Und beeil dich. Los.

Als ich wieder einstieg, saß sie mit geschlossenen Augen da, hielt die Hände auf den Bauch. Sie versuchte ruhig und gleichmäßig zu atmen. Fahr, sagte sie. Los. Sofort.

Die Parklücke war eng, ich stieß vor und zurück, fuhr mit Schwung hinaus, drückte aufs Gas, und als ich in den dritten Gang schaltete, sauste etwas Rotes unter einem an der rechten Straßenseite parkenden Auto hervor, es gab einen Schlag, ich wollte anhalten, aber Ira riss die Augen auf und schrie: Weiter! Fahr weiter!

Wir hielten vor dem Krankenhaus. Sie schaute mich an und sagte: Ich habe mir das überlegt. Du hast Recht. Es ist lächerlich, dass du mitkommst.

Von lächerlich war nicht die Rede, sagte ich.

Ira zuckte mit den Achseln. Dann hast du gedacht, dass es lächerlich wäre.

Ich blickte auf meine Hände, die auf dem Lenkrad lagen. Die Fingernägel hatten schwarze Ränder, obwohl sie kurz geschnitten waren und ich sie zu Hause sorgfältig gereinigt hatte. Ich weiß nicht, wie andere Leute es schaffen, ihre Nägel immer sauber zu halten; bei mir klappt das nie.

Ira öffnete die Tür und schob sich mühsam hinaus.

Sie beugte sich zu mir herunter und sagte: Weißt du, was ich mal gelesen habe? In einem Horror-Comic, glaube ich. Ein Kind auf die Welt zu bringen, das ist so, als müsstest du einen Fußball scheißen. Und genau das mache ich jetzt. Und zwar alleine. Ich brauche keinen dazu, und schon gar nicht dich.

Ich nickte.

Okay, sagte ich. Soll ich dir deine Tasche reintragen?

Die Katze lag noch an derselben Stelle wie zuvor. Ich hatte ein Stück entfernt geparkt und ging die Straße entlang. Es war still, es war schwül. Ich bohrte die Hände in die Tasche meiner Windjacke. Zwei Jungen fuhren auf Longboards an mir vorbei, der kleinere von ihnen, ein Rothaariger, dem die oberen Schneidezähne fehlten, drehte sich nach mir um und streckte kurz die Zunge heraus.

Iras Nachbar stand neben der Katze. Er hatte sich rasiert und umgezogen; zu einer schwarzen Jeans trug er ein kurzärmeliges Karohemd, das er fest in den Hosenbund gestopft hatte. Er roch nach Rasierwasser, nicht mehr nach Bier.

Schauen Sie sich das an, sagte er.

Ich ging in die Hocke und strich dem toten Tier vorsichtig über die Seite. Seine Augen waren starr und offen, der Kopf war unnatürlich weit in den Nacken gedreht. An der Schnauze klebte geronnenes Blut.

Manche Autofahrer machen so was absichtlich, sagte der Nachbar. Sehen eine Katze und geben dann kräftig Gas, um sie zu erwischen. Was sind das für Menschen.

Er schüttelte den Kopf. Er fixierte mich und sagte: Sie helfen mir jetzt, ja?

Wobei?, sagte ich.

Einen Moment, sagte er, bin gleich wieder da. Muss nur kurz etwas in meiner Wohnung holen.

Fünf Minuten später streckte er mir die Hand entgegen: Ich bin der Werner. Und du?

Ich sagte ihm meinen Namen. Ist das türkisch?, fragte er. Nein, sagte ich, arabisch. Er nickte. Auch okay. Weißt du, was wir jetzt machen?

Nein, sagte ich.

Er fixierte mich wieder. Wir begraben jetzt diese Katze.

Du hast doch gesagt, du magst keine Katzen, antwortete ich.

Er schob die Unterlippe vor und zurück. Stimmt. Aber das ist etwas anderes. Ich mag nicht, dass sie da liegen bleibt, bis das Ordnungsamt sie holt und irgendwo verbrennen lässt. So etwas gefällt mir einfach nicht.

Okay, sagte ich. Aber begraben, wo?

Er hob die rechte Hand und klimperte mit einem Schlüsselbund. Ich habe einen Garten, hinter dem alten Bahndamm, da gehen wir hin. Du nimmst die Katze, du gräbst sie ein. Ich hab's im Rücken.

Einen Moment wurde ich wütend. Er hatte kein Recht, so etwas von mir zu verlangen. Ich schaute ihn an, und er schaute mich an, und dann, als hätte er meine Gedanken gelesen, sagte er: Zwingt dich keiner zu. Du kannst es auch lassen. Meine Tochter kommt nachher vorbei, die kann mir helfen.

Schon gut, sagte ich.

Ich hätte ihn nach einer Decke oder Tüte fragen können, aber da er nichts mitgebracht hatte, war mir klar, was er von mir erwartete. Ich bückte mich und nahm die Katze hoch. Ihr Kopf fiel herunter; ich musste ihn mit der rechten Hand stützen. Das Fell war warm; sie hatte in der prallen Sonne gelegen. Wir gingen die Straße hinunter. Die Jungen auf den Longboards kamen uns entgegen. Sie hielten an und wollten wissen, was wir machten. Werner sagte es ihnen. Sie fragten, ob sie mitkommen dürften. Werner sagte: Ja.

Wir bogen in einen schmalen Fußweg ab, der zwischen Häusern, dann zwischen Wiesen abwärts führte und in einen kleinen Tunnel unter dem Bahndamm mündete. Die Strecke war eingleisig und wurde seit Jahren nicht mehr benutzt. Unkraut wucherte, Vögel saßen zwitschernd in den Büschen, Insekten summten, es roch nach Erde, und plötzlich erschien es mir völlig selbstverständlich, mit einem toten Tier in den Armen durch die Gegend zu laufen, begleitet von einem Fremden und zwei neugierigen kleinen Skatern.

Im Tunnel war es kühl und feucht. Ich blieb stehen und kraulte den Kopf der Katze. Die Kinder stießen kurze, johlende Rufe aus, die wie Namen von Pokemons klangen und von den Wänden zurückhallten.

Draußen blendete mich die Sonne. Ich blieb wieder stehen, schloss kurz die Augen.

Die Schrebergärten sahen anders aus, als ich mir vorgestellt hatte. Ich hatte eine kleinbürgerliche Idylle erwartet, sauber hergerichtete Parzellen, in denen Hütten aus dem Baumarkt standen. Aber alles sah eher unordentlich aus. Die Rasenstücke waren nachlässig gemäht, die Hütten wirkten improvisiert, selbstgezimmert. Große Fliederbüsche und alte Obstbäume blühten. Es gefiel mir.

Die Gartentür quietschte, als Werner sie öffnete. Leg die Katze hin, sagte er. Er ging in die Hütte und kam mit zwei Bierflaschen heraus, den Kindern drückte er Coladosen in die Hand. Ist leider nicht richtig kalt, sagte er, als wir anstießen. Der Kühlschrank ist letzte Woche kaputtgegangen.

Ich war müde. Ich setzte mich in den Halbschatten eines Apfelbaums und dachte an Ira. Ob sie schon im Kreißsaal war oder noch in irgendeinem Raum auf die Geburt vorbereitet wurde. Ob sie vielleicht doch bereute, dass ich nicht mitgekommen war. Ich blickte auf und schaute in die Augen der Katze, die auf mich gerichtet waren; da war etwas, aber, nein, da war natürlich nichts, nur Leere.

Und jetzt?, fragte der kleine Rothaarige. Er hatte seine Cola ausgetrunken.

Jetzt begraben wir sie, sagte Werner. Er zeigte mit seiner Flasche auf mich. Er begräbt sie. Ihr könnt einen Platz aussuchen. Vielleicht unter dem großen Flieder.

Die Kinder rannten durch den Garten und meinten, ja, dort sei es gut.

Der Spaten war schwer, aber die Erde leicht, zumindest am Anfang. Du musst das tief genug machen, sagte Werner. Hier gibt's Füchse. Keine Ahnung, ob die eine Katze ausgraben würden, aber darauf ankommen lassen will ich's nicht.

Ich legte die Katze in das Loch. Ich hatte es breit gemacht, doch nicht lang genug, also musste ich sie etwas zusammenrollen. Ich schwitzte und schaufelte das Loch wieder zu, schließlich klopfte ich die Erde mit dem Spaten glatt.

Ob es das gewesen sei, wollten die Kinder wissen. Werner sagte: Ja. Sie fragten, ob er vielleicht ein Stück Schokolade da hätte.

Werner sagte: Nein. Sie stellten sich auf ihre Boards und rollten davon.

Willst du noch ein Bier?, sagte Werner. Dann hol's dir. Und bring mir auch eins mit.

Er setzte sich in einen Klappstuhl. Ich legte mich unter den Baum. Wir tranken stumm; schließlich fing Werner an, von seiner Tochter zu erzählen; sie hieß Eva und hatte immer Probleme mit ihren schnell wechselnden Freunden; mal wurde sie von ihnen betrogen, mal ging sie selbst fremd und bereute es hinterher; in beiden Fällen kam sie bei ihrem Vater angelaufen, hilflos und trostbedürftig. Dann muss ich sie in den Arm nehmen, wie ein kleines Mädchen, das sich die Knie aufgeschlagen hat, sagte Werner. Ich kenne niemanden, der weint wie sie; die Tränen schießen ihr nur so aus den Augen.

Seine Stimme war ruhig und gleichmäßig, beim Zuhören wurde ich immer müder, und irgendwann schlief ich ein, und als ich aufwachte, war es kühl und dämmerig.

Der Himmel hatte sich bewölkt. Wind fuhr in die Bäume und ließ sie rauschen. Einzelne Blüten fielen zu Boden. Der Stuhl, auf dem Werner gesessen hatte, war leer. Ich fror. Meine Blase drückte, mein Schwanz war steif. Ich stellte mich unter den Flieder und öffnete meine Hose. Als ich fertig war, wurde mir klar, dass ich auf das Grab der Katze gepinkelt hatte. Es war mir unangenehm, aber nicht zu sehr.

Der Schlüsselbund steckte im Schloss der Hütte. In der Bierkiste waren noch drei Flaschen. Ich nahm sie alle heraus, setzte mich in den Stuhl und zog den Reißverschluss meiner Jacke bis zum Hals hoch.

105

Es wurde richtig dunkel, und es begann zu regnen. Ich blieb sitzen. Die Tropfen waren dick und kalt, ich wurde völlig durchnässt. Ich nahm den Stuhl und setzte mich in die Hütte. Die erste Flasche war leer. Ich trank, viel schneller, die zweite und die dritte. Ich hatte den ganzen Tag nichts gegessen, und nun war es, als würde sich die Schwerkraft ein wenig verringern, als schwebte ich knapp über dem Boden.

Ich schaute mich nach Schnaps um. Es war keiner da. Ich setzte mich wieder hin. Irgendwann hörte es auf zu regnen.

Ich pinkelte noch einmal, nicht unter den Flieder, und sagte zum Abschied laut: Mach's gut, Katze.

Im Tunnel blieb ich wieder stehen und ahmte die Rufe der Kinder nach. Ich schrie laut: Pikachu! Pikachu! Pikachu! Ein Radfahrer kam mir entgegen. Er bremste kurz, bevor er eilig weiterfuhr.

Werner hatte mir seinen Nachnamen nicht gesagt, aber ich hatte ihn am Eingang des Gartens gelesen. Ich klingelte bei ihm. Er öffnete nicht. Vielleicht war er mit Eva ausgegangen.

Ich warf den Schlüsselbund in seinen Briefkasten und schob fünf Euro hinterher, für das Bier, das ich getrunken hatte. Das tat mir gleich leid, aber nicht wegen des Geldes. Ich versuchte den Schein zu angeln, es gelang mir nicht, meine Hand war zu breit, als dass ich sie tief genug hätte hineinstecken können.

Ich ging zu meinem Auto und blieb ein paar Minuten sitzen, bis ich den Zündschlüssel drehte. Der Motor sprang leiernd an. Es war gerade 23 Uhr.

Mein Handy klingelte.

Ich überlegte, ob ich drangehen sollte oder nicht.

Na los, gratulier mir, sagte Ira.

Zwei Tassen Kaffee

Zwei Tassen, sagt Cillas Sohn.

Warum hast du zwei Tassen hergestellt? Ich habe keine Zeit, mit dir Kaffee zu trinken, das habe ich dir doch vorhin schon gesagt. Ich bin in Eile.

Er nimmt die zweite Tasse und trägt sie, zusammen mit der Untertasse, in die Küche, wäscht sie hastig unter fließendem Wasser aus. Er kratzt mit dem Finger in ihr herum.

Die ist nicht sauber, sagt er. Da hängt noch ein Zuckerrest. Und überhaupt, du solltest nicht so viel Kaffee trinken, und nicht so starken. Nachher hast du wieder Herzrasen und rufst mich an.

Cilla stützt sich auf ihren Stock. Die letzten Male hab ich dich gar nicht angerufen, sagt sie.

Mach doch nicht so einen Wirbel, denkt sie. Ich hab noch keinen Infarkt gehabt, du schon, vor drei Jahren.

Aber so sind sie fast alle, die zu Cilla kommen; fast alle haben es eilig und wichtig; sie verhalten sich, als müssten sie eine Welt, in der es schnell zugeht, noch schneller machen.

Cilla schaut zu, wie ihr Sohn die Einkäufe in den Kühlschrank packt. Er holt zwei Becher Joghurt heraus; die sind längst abgelaufen, sagt er, und hier, der Käse ist schimmelig, die aufgeschnittene Ananas auch.

Warum hast du die nicht gegessen, du isst doch gerne Ananas?

Cilla mag Ananas aus der Dose.

Sie sitzt am Küchentisch, schneidet die Dose auf, klappt den Deckel hoch und fährt vorsichtig mit dem Finger an dessen gewelltem Rand entlang. Sie fischt mit einer kleinen Gabel fünf Scheiben heraus, legt sie in ein Glasschälchen, gießt Saft hinzu. Sie zerteilt die Scheiben mit der Gabel, tunkt Kekse in den Saft; ein gutes Mittagessen.

Sie sagt zu ihrem Sohn: Ich kann hier nicht länger herumstehen. Sie geht ins Wohnzimmer, und da sitzt der Besucher auf der Couch, gleich neben Cillas Lieblingssessel. Sie ist nicht überrascht, in der Küche hat sie ihn bereits gespürt, in seiner Anwesenheit scheint sich in der Wohnung immer etwas zu verändern, alles wirkt plötzlich ein wenig weiter, heller.

Cilla setzt sich hin, mühsam, das dauert. Sie atmet schnell, sie hat sich über ihren Sohn aufgeregt. Der Besucher schaut sie an und macht mit der flachen Hand, die er ein paar Mal hebt und senkt, eine beruhigende Geste:
Herunterkommen!
Er lächelt ganz leicht; das tut er sonst nie.

Er trägt heute einen schmal geschnittenen Anzug in einem leuchtenden Grau, dazu schwarze Schuhe, die ein wenig zu sportlich sind, findet Cilla. Er hat eine Fliege an, bisher war es immer eine Krawatte.

So geht es nicht weiter, ruft ihr Sohn aus der Küche. Und noch einmal, lauter: So geht es nicht weiter!

Cilla ärgert sich gleich wieder. Muss er so schreien. Sie sieht schlecht, aber sie hört noch gut.

Sie stützt sich mit beiden Händen auf der Sessellehne ab und steht wieder auf. Der Stock gleitet ihr zu Boden. Sie bückt sich langsam, um ihn aufzuheben; ihre Knie schmerzen, als würden Messer hineingerammt.

Auf dem Küchentisch liegt ein kleiner, durchsichtiger Müllsack, angefüllt mit den verdorbenen Lebensmitteln; daneben steht der alte Schuhkarton, in dem Cilla ihre Medikamente aufbewahrt, ihr Sohn wühlt in ihnen herum und ruft: So geht das nicht weiter!

Cilla sagt: Das hast du jetzt mehrfach gesagt.

Sie würde gerne energisch mit ihrem Stock auf den Boden stoßen, aber das geht nicht, sie muss sich fest auf ihn stützen, die Knieschmerzen sind höllisch.

Das ist alles durcheinander, sagt ihr Sohn. Er wedelt mit ein paar Medikamentenpaletten hin und her. Ich wette, du weißt gar nicht, was du nehmen musst. Hast du heute Morgen deine Herztabletten genommen? Oder hast du's wieder vergessen?

Ich vergesse gar nichts, sagt Cilla. Sie stößt vorsichtig mit dem Stock auf.

Ihr Sohn seufzt. Ich muss endlich los, sagt er. Ich habe einen Termin beim Steuerberater.

Du kommst einfach nicht mehr alleine zurecht, sagt er, als er in der Wohnungstür steht, den Müllsack in der Hand.

Cilla schaut ins Wohnzimmer. Der Besucher ist weg.

Sie nimmt die geblümte Tagesdecke von ihrem Bett und legt sie, sorgfältig gefaltet, auf einen Stuhl. Sie legt sich angezogen hin; das rechte Bein muss sie mit den Händen anheben. Sie liegt auf dem Rücken und schließt die Augen.

Sie denkt nach, wann der Besucher zum ersten Mal bei ihr war. Vor ein paar Wochen oder schon vor ein paar Monaten. Er war ihr sofort vertraut. Als wäre sie ihm vorher oft begegnet, in einem anderen Leben oder im Traum vielleicht.

Aber sie hat ja nicht von ihm geträumt, tut es auch jetzt nicht

wenn sie in letzter Zeit träumt, dann von Arthur, immer geht es auf eine Bergwanderung, Arthur liebte Bergwanderungen, so oft wie möglich wollte er hinaus, in die freie, herrliche Natur, wie er sagte

und so steht er in ihren Träumen mit grüner Kniebundhose da, mit kariertem Hemd und grober Joppe, Cilla aber trägt ein Straßenkleid, dazu hohe Schuhe, sie langweilt sich auf Wanderungen und mag die Berge nicht besonders, einmal ist sie gestürzt und hat sich auf einem Stein böse das Knie aufgeschlagen, aber Arthur kennt keine Gnade, er will hinauf zum Gipfel, Cilla keucht hinter ihm her, erst wenn sie fast oben sind, dreht er sich nach ihr um, und manchmal hat er dann ein anderes Gesicht, schaut aus wie der fesche Bruno oder wie Hans, dieser Betrüger, der damals beim Abschlussball so innig mit der Lisa getanzt hat, oder er schaut wie Gerhold aus, Cillas Bruder, was macht der hier in den Bergen, in feldgrauer Uniform, ernst schaut er durch seine kreisrunde Brille, Cilla hat ihn doch zum Bahnhof gebracht, und ein paar Monate später saß der Ortsgruppenleiter im Wohnzimmer ihrer Eltern, in der Nähe von Stalingrad, sagte er, heldischer Kampf, sagte er, und dann, mit pathetisch gesenkter Stimme und einer kleinen Pause vor dem letzten Wort des Satzes: Die Fackel ist – erloschen.

Das Telefon klingelt.

Zwei, drei, vier Mal.

Cilla schlägt die Augen auf.

Nach dem neunten Klingeln springt der Anrufbeantworter an. Cilla hört sich, wie sie mitteilt, dass sie zur Zeit leider nicht zu erreichen ist. Dann hört sie, nach einem Piepsen, ihren Sohn, der, vom Telefon abgewendet, zu seiner Frau sagt: Sie geht nicht dran.

Cilla schließt wieder die Augen.

Mama, sagt ihr Sohn, Mama, hörst du mich?

Der Besucher nickt Cilla zu, aufmunternd, wieder lächelt er leicht. Cilla lächelt zurück.

Seine Schuhe gefallen ihr jetzt besser, eigentlich harmonieren sie doch mit dem Anzug, und außerdem, wenn man weite Strecken unterwegs ist, braucht man etwas Bequemes, mit dicken Sohlen.

Cilla geht in die Küche und setzt Wasser auf. Sie häufelt Kaffee in den Filter. Als das Wasser kocht, holt sie die Kaffeedose erneut aus dem Schrank und legt einen großen Löffel nach. Vor dem Verschließen hebt sie die Dose an die Nase und zieht den Duft der am Morgen frisch gemahlenen Bohnen ein.

Sie stellt alles auf ein Tablett: die Tassen und Untertassen, die Kaffeekanne, Milch, Zucker und ein Schälchen mit kleinen Schokoladenkeksen.

Sie muss es jetzt schaffen, das Tablett heil ins Wohnzimmer zu bringen. Am Couchtisch angekommen, stolpert sie fast.

Sie gießt Kaffee ein, ordnet die Kekse, die leicht verrutscht sind. Sie setzt sich hin und schaut den Besucher erwartungsvoll an. Sie ist ein bisschen aufgeregt.

Der Kaffee dampft in den Tassen.

Der Große Preis

Bech setzte die Koffer im Flur ab, den Musterkoffer und den anderen, in dem er seine Kleider hatte, seinen Kulturbeutel und die zwei Taschenbücher, in denen er gelegentlich las, ein Kriminalroman und etwas Historisches.

Er rief: Ich bin wieder da.

Er ging ins Wohnzimmer. Gisela lag auf der Couch vor dem eingeschalteten Fernseher. Sie hob kurz den Kopf, ließ ihn dann auf das Kissen zurückfallen.

Ich bin wieder da, sagte Bech.

Sie murmelte etwas und machte eine Bewegung mit der Hand. Er ging zur Seite und gab ihr den Blick auf den Fernseher frei. Er schaute kurz hin, eine Quizsendung, der Moderator stellte einem Kandidaten, der neben ihm stand, mehrere Fragen.

Gisela seufzte.

Du hast getrunken, sagte Bech.

Sie trank immer sehr schnell, drei, vier Biere, dann sofort den Schnaps, und wenn ihr schwindlig wurde, legte sie sich hin. Früher hatte sie die Flaschen, bevor er heimkam, heimlich in den Müllschlucker im Treppenhaus geworfen. Jetzt würde er sie in der Küche finden, ordentlich auf dem klapperigen Kühlschrank stehend, das Export in einer Reihe, davor die Kirschwasser- oder Kornfläschchen, manchmal auch beide Sorten.

Sie richtete sich langsam auf und schaute ihn an.

Ich bin müde, sagte er. Und verschwitzt. Ich gehe duschen.

Gisela stieß auf und hielt sich, zu spät, die Hand vor den Mund.

Findest du das nicht ein bisschen verdächtig, sagte sie.

Bech spürte, wie sich die Wut in ihrer Stimme sammelte, ganz schnell ging das, übergangslos.

Verdächtig, was?, sagte er.

Findest du das nicht ein bisschen verdächtig, heimzukommen und gleich duschen zu wollen, sagte sie. Bei dem Wetter hast du ja wohl kaum geschwitzt. Was musst du dir denn abwaschen? Wen musst du dir denn abwaschen?

Sie schrie nicht, aber ihre Stimme war bohrend, höhnisch. Bech hätte sich gerne hingesetzt. Er blieb stehen. Er sagte nichts, hörte nur auf die Stimmen, die aus dem Fernseher drangen.

Du hast doch wieder bei der Albert übernachtet, der Schlampe, sagte sie.

Frau Albert ist keine Schlampe, sagte er. Sie ist über fünfzig. Sie geht auf die Sechzig zu. Sie ist Witwe.

Natürlich ist sie eine Schlampe, sagte Gisela. Sie macht dir ein Frühstück, so wie du's magst, Toast, zwei Eier, der Kaffee nicht zu stark, bloß nicht zu stark, und dann besorgt sie's dir zum Abschied. Sie besorgt's dir so richtig, oder?

Hör auf, sagte Bech. Hör auf.

Er setzte sich an das andere Ende der Couch. Er warf einen Blick zum Fernseher. Die Kandidaten, zwei Männer und eine Frau, hatten in großen Glaskugeln, die auf der Showbühne standen, Platz genommen. Der Moderator erklärte etwas.

Du weißt doch, dass wir alle privat untergebracht sind, sagte Bech. Ich hab da noch Glück. Arnold muss immer bei einem alten Nazi übernachten, der ihm erklärt, wie wir bei Stalingrad hätten siegen können. Der Mönckmann kriegt bei seiner Wirtin nur Kathreiner. Aber wenn's endlich besser läuft mit der Firma, dann kriegen wir alle Zimmer in schönen Hotels. Bestimmt.

Wenn's besser läuft, sagte Gisela. Natürlich.

Sie legte sich wieder hin.

Stell den Fernseher lauter, sagte sie.

Bech stand auf und zog einen der Regler am Gerät vorsichtig nach rechts.

So?, sagte er.

Noch ein bisschen lauter, sagte Gisela. So. Und jetzt geh. Geh weg. Ich will dich nicht sehen.

Bech ging zurück in den Flur und lehnte sich an die Wand. Er schloss die Augen und stellte sich vor, unter der Dusche zu stehen. Erst kaltes Wasser, dann reichlich warmes, mit gegen die Fließen gestützten Händen ließ er es über sich laufen, bis der Spiegel im Bad völlig beschlagen war.

Er ging zum Kühlschrank und holte sich ein Bier. Es war nicht richtig kalt, aber auch nicht mehr warm. Er nahm ein zweites und ging ins Wohnzimmer. Er gab es Gisela.

Sie tranken und schauten fern. Gisela trank im Liegen.

Und, sagte Bech, wie findest du die neue Sendung? Die ist heute zum ersten Mal, oder?

Er schaute kaum fern. Er war nicht auf dem Laufenden.

Nicht so gut wie die alte, sagte Gisela. Sie sprach langsam und überdeutlich und zeigte mit der Flasche auf den Moderator. Ich mag, wie er das macht. Aber früher gab es mehr Show, mehr Abwechslung. Jetzt gibt es Einlagen, aber vor allem ist es ein Quiz. Den lustigen Hund haben sie noch, der muss bald kommen.

Bedrohliche Klänge ertönten, und die große Bilderwand, vor der sich auf der Bühne alles abspielte, verwandelte sich plötzlich.

Die Zahlen, Bilder und Wörter, die auf ihr zu sehen waren, verschwanden; stattdessen flammte nun an verschiedenen Stellen das Wort »Risiko« auf. Der Moderator forderte einen der Kandidaten auf, einen Teil des Geldes, das er schon erspielt hatte, einzusetzen. Wenn Sie richtig antworten, ist das riskierte Kapital verdoppelt, sagte er, wenn Sie falsch antworten, ist es verloren.

Der Kandidat setzte 400 Mark.

Ist doch spannend, sagte Bech und trank einen Schluck.

Er blieb sitzen und schaute zu und trank, und dann merkte er, dass Gisela, die leere Flasche an die Brust gepresst, eingeschlafen war.

Das Telefonkabel war völlig verknotet. Bech brauchte eine Weile, bis er es, auf dem Boden des Flurs kniend, entwirrt hatte. Er nahm den Apparat und ging ins Schlafzimmer. Das Kabel spannte, er musste sich vor das Bett auf den Teppich hocken. Er lehnte die Tür an und wählte Margots Nummer.

Er ließ es sechs, sieben Mal klingeln, bevor er auflegte. Er hielt das Telefon im Schoß und wartete kurz. Beim zweiten Anruf hob sie sofort ab.

Ich bin's, sagte Bech.

Gut angekommen?, sagte Margot.

Ja. Alles bestens.

Und bei Frau Albert gab's wieder Eier und reichlich Toast?, sagte sie.

Ja, sagte Bech. Sie hat mir zum ersten Mal von ihrem Mann erzählt. Sie staubt jeden Morgen sein Foto ab. Warte mal einen Moment.

Er balancierte das Telefon auf der linken Hand, drückte den Hörer an seine Brust und stieß mit dem Fuß die Tür auf. Er ging vorsichtig ins Wohnzimmer. Gisela rührte sich nicht. Als er wieder im Schlafzimmer war, hatte Margot den Hörer weggelegt. Er wartete, bis sie ihn wieder aufgenommen hatte.

Hab gedacht, da ist jemand an der Wohnungstür, sagte er.

Aber da war niemand, sagte sie.

Nein, sagte er.

Es war, trotz des Teppichbodens, unbequem, auf dem Boden zu sitzen. Bech tat das Steißbein weh, er rutschte hin und her, verschob das Telefon auf seinen Beinen.

Ich war gerade noch mal im Bad, sagte Margot. Hast du deinen Rasierer nicht vermisst?

Ich nehm doch jetzt immer den elektrischen, sagte Bech.

Ich hab mich ein bisschen rasiert, sagte sie. Unten. Ich hab mit der Schere alles gestutzt und dann das meiste weggemacht. Ist nur noch ein schmaler Streifen da.

Wie bist du denn darauf gekommen?, sagte Bech.

Ich weiß nicht, sagte Margot. Aber warum nicht. Kann man doch machen. Glaubst du, dir gefällt das?

Bech überlegte.

Kann schon sein, sagte er.

Er dachte an die Hefte, die Arnold ihm vor ein paar Monaten gezeigt hatte. Die habe ich von einem Freund meines Schwagers, einem Ami, hatte Arnold gesagt. Scharfe Sachen, das ist etwas anderes als der Bunnykram, den du bei uns kriegst. Bech erinnerte sich an breit geöffnete Beine, an Finger, die Schamlippen spreizten, rosafarbenes, feuchtes Fleisch, auch eine Schwarze war dabei,

117

aber rasiert war keine dieser Frauen gewesen.

Bech, sagte Margot, bist du noch da?

Ja, sagte er.

Ich hab's mir im Badspiegel gerade noch mal angeschaut, sagte sie.

Und jetzt?, sagte Bech.

Jetzt sitze ich auf der Couch und mache nichts. Und du, was machst du?

Nichts, sagte Bech. Ich mache auch nichts.

Später saß er wieder vor dem Fernseher. Er trank jetzt Weißwein. Der Wein schmeckte firn, aber es störte ihn nicht. Draußen war es dunkel. Aus Giselas rechtem Mundwinkel war ein Speichelfaden gelaufen und hatte einen feuchten Flecken auf dem Couchkissen hinterlassen.

Die Show war zu Ende. Bech hatte den lustigen Hund verpasst. Die Kandidaten hatten alles Geld, das sie erspielt hatten, wieder verloren. Der Moderator wies mit seiner breiten Hand auf die Tafeln mit der Leuchtschrift, die außen an den Glaskugeln angebracht waren, und sagte: Null – Null – Null.

Bech stellte den Ton ab. Er machte das Licht in der Küche an und riss drei Zettel von dem Kalender, der immer noch den zweiten September anzeigte. Er schüttete sich etwas Wein ein, trank aber nichts mehr, spürte nur im Stehen mit der Zunge an Gaumen und Wange der Säure des Mosels nach.

Mögen Sie vielleicht auch mal ein Spiegelei?, hatte Frau Albert ihn am Morgen gefragt, und er hatte gesagt: Nein, danke, das liegt mir zu schwer im Bauch, so früh.

Er trank Kaffee und schaute auf das Bild ihres Mannes, das in einem einfachen Rahmen neben dem Küchenschrank hing. Ein offenes, ernstes Gesicht, ein akkurat gezogener Scheitel, blonde Haare, die Krawatte sorgfältig geknüpft. Erich Albert. Erst jetzt fiel Bech auf, dass Erich in Zivil war, sonst trugen sie auf diesen Bildern ja immer Uniform, mit oder ohne Mütze.

Frau Albert folgte seinem Blick. Sie strich über ihre Schürze und setzte sich zu Bech an den Küchentisch.

Wollen Sie wissen Sie, wie mein Mann gestorben ist?, sagte sie.

Bech nickte.

Ich sage ja immer, er ist gefallen, sagte sie. Der Einfachheit halber. Aber das stimmt gar nicht. Er ist bei einem Bombenangriff ums Leben gekommen, 1944. Da haben wir in Berlin gewohnt, frisch verheiratet. Er hatte Fronturlaub, nur ein paar Tage, und dann gab es diesen großen Angriff. Luftminen, wir sind im Bunker gesessen, alles zitterte.

Sie schwieg und schaute an Bech vorbei durchs Fenster.

Und, sagte er vorsichtig.

Als es vorbei war, ist Erich voraus, sagte sie. Ich bin mit der alten Frau Würth hinterher, die wohnte unter uns. Am rechten Arm hatte ich sie, am linken Arm den Korb, in dem ihr dicker, grauer Kater saß. Der schrie nie, wenn die Bomben fielen, war immer ganz ruhig.

Frau Albert stand auf, strich wieder über ihre Schürze.

Erich ist in unsere Wohnung, sagte sie, die war im obersten Stock. Das Dach war getroffen, und da hat sich ein Balken gelöst und ihm die Brust zerquetscht. Als ich angekommen bin, war er schon tot.

Sie ließ Wasser in die Spüle laufen, sehr heißes, dampfendes

Wasser. Sie fügte Pril hinzu und nahm sich eine Bürste.

Der Freisler, der Chef von diesem Volksgerichtshof, ist auf ganz ähnliche Weise ums Leben gekommen, sagte sie. Das haben sie kürzlich im Fernseher gebracht. Er wollte in den Keller, als ihn ein Balken erschlagen hat. In der Hand hatte er noch die Akten von jemandem, den er verurteilen wollte.

Der Freisler hat es verdient gehabt, sagte sie. Aber der Erich, der hat es nicht verdient gehabt.

Es tut mir leid, sagte Bech.

Es muss Ihnen nicht leid tun, sagte sie.

Bech war von der Schärfe ihrer Stimme überrascht.

Es gibt keinen Grund, sagte sie, warum Ihnen das leid tun muss.

Sie ließ das Glas, das sie gespült hatte, abtropfen und trocknete es mit einem frischen Küchentuch sorgfältig ab. Sie hielt es gegen das Licht und polierte kurz nach. Sie spülte die Teller, Tassen und Untertassen, ließ sie ebenfalls abtropfen, stapelte sie aufeinander und trocknete sie mit einem anderen Tuch. Zum Schluss kam das Besteck dran.

Haben Sie je daran gedacht, wieder zu heiraten?, fragte Bech.

Frau Albert räumte die Sachen in den Küchenschrank und lehnte sich mit verschränkten Armen an die Spüle.

Am Anfang war es so, als wäre der Erich gar nicht weg, sagte sie. Er war immer noch um mich. Und als er dann weg war, da habe ich gemerkt, dass ich auch keinen anderen brauche.

Bech nickte.

Frau Albert schaute ihn an.

Sind Sie sicher, sagte sie, dass Ihnen ein Spiegelei nicht doch gut getan hätte?

Bech leerte das Glas mit einem Schluck. Er korkte die Flasche zu und stellte sie in den Kühlschrank. Eigentlich lohnte es sich nicht, den kleinen Rest aufzuheben, morgen würde er schal schmecken. Im Wohnzimmer schaltete er den Fernseher ab und die Stehlampe an. Warmes, gedämpftes Licht. Das Fenster war nass, es hatte angefangen, stark zu regnen.

In Bechs Kopf begannen Bruchstücke eines Songs zu kreisen, etwas von den Beatles oder den Stones, vielleicht „Ruby Tuesday", er war sich nicht ganz sicher, er versuchte die Melodie zu pfeifen, aber es klappte nicht.

Aus Giselas Mundwinkel rann wieder ein Speichelfaden. Bech holte sein Taschentuch hervor und tupfte ihn ab. Er nahm die Bierflasche, die sie immer noch im Arm hielt, und stellte sie auf den Couchtisch.

Gisela, sagte er leise. Gisela?

Lichtbogen

Am Tag, an dem sie ihn begraben, stehe ich morgens mit Caro auf der Brücke über dem Fluss. Die Sonne ist eine fette Orange, sie steht tief am Himmel und wärmt noch nicht. Der Wind zerrt an unseren Haaren. Wir haben die Kragen unserer Jacken hochgeschlagen und stopfen die Hände in die Taschen. Caro stampft mit den Füßen auf. Ihre Nasenspitze ist blass, und sie schnieft.

Hast du ein Taschentuch?, sagt sie. Hast du nicht, oder? Sie guckt zu mir hin, ein wenig von der Seite. Macht nichts, macht wirklich nichts. Sie zieht den Rotz hoch, kurz und heftig.

Ein Lichtbogen, sage ich. Was für eine Farbe hat so ein Ding eigentlich?

Blauweiß, sagt Caro. Das war ein greller, blauweißer Blitz.

Ein großes Frachtschiff nähert sich der Brücke. Auf seinem Bug steht in schwarzen Lettern: Novalis. Eine holländische Fahne und vier Reihen Kleinwagen, säuberlich nach Farben geordnet: rot und anthrazit, grün und weiß. Am Heck ein Kind, das von einer Brotkante große Krumen abreißt und in die Luft wirft. Vielleicht will es Möwen füttern, aber es sind weit und breit keine Möwen zu sehen. Caro winkt dem Kind zu.

Es schaut nicht zu uns hoch, sage ich.

Na und, sagt Caro.

Ich stelle mir vor, wie das Kind wächst, Jahr für Jahr fährt es auf dem Fluss, hinauf und hinab, es wirft keine Krumen mehr empor, sondern hantiert mit einer Spraydose, es überzieht das Schiff mit riesigen, bunten Bildern, mit Schriftzügen, der Vater kommt dazu, er schreit und schlägt das Kind und stößt es zu Boden, aber das Kind lacht, es steht auf und sagt: Sieh nur, wie groß ich bin, du kannst mich nicht mehr einschüchtern, nie mehr. Es nimmt die Spraydose und sprüht einen schönen, fetten Tag, genau unter das Fenster, aus dem der Vater blickt, wenn er am Steuerrad steht, und das Kind, das kein Kind mehr ist, lacht, es lacht aus vollem Hals und wirft die leere Spraydose in hohem Bogen in den trägen, graugrünen Fluss.

Du weinst ja, sagt Caro.

Güterbahnhof, hat Yahya gesagt, gleich als sie sich trafen, und nun stehen sie da, während es dämmert, direkt neben einem kaputten, ausrangierten Waggon. Es ist warm, zu warm für die Jahreszeit, wie es im Wetterbericht heißt. Sie schwitzen, alle drei, aber Yahya merkt man es nicht an, wie immer.

Brombeerranken überwuchern einen Prellbock. Auf den alten Lokschuppen dahinter hat einer in riesiger bunter Schrift PARTYTIME gesprayt.

Wir könnten den hier nehmen, sagt Danilo und klopft mit dem Knöchel auf den Waggon.

Yahya sagt: Was meinst du, Pete?

Pete meint nichts, das tut er nie, er zuckt nur mit den Achseln.

Nein, sagt Yahya. Den nehmen wir nicht. Viel zu einfach und außerdem, schaut euch die irren Muster an, die der Rost gemacht hat, da pfuschen wir nicht rein.

Er fährt über den Waggon, zeigt den braunen Abrieb, der an seiner Hand hängen bleibt.

Okay, sagt Danilo, okay, was machen wir dann?

Gehst du hin?, sagt Liz.

Nein, sage ich.

Sie schaut mich an, und ich schaue sie an, ein stummes Duell, ich will den Blick nicht niederschlagen. Ich strecke ihr den Teller hin. Noch einmal?, sagt sie. Du hattest doch schon drei. Nicht, dass dir schlecht wird.

Sie hält den Topf schief, fährt mit dem Schöpflöffel in ihm herum. Klatscht mir eine Portion hin. Zündet sich im Stehen eine Zigarette an, stützt den rechten Ellenbogen in die linke Hand und beobachtet mich, während sie den Rauch langsam einzieht. Seit ein paar Wochen ist sie auf Light umgestiegen, lächerlich, sie braucht jetzt einfach anderthalb Packungen.

Ich beachte sie nicht, tue wenigstens so. Ich schaue in meinen Teller, eine Gemüsepfanne mit Nudeln. Brokkoli und Fenchel, Karotten und Lauch, alles grob geschnitten, für kleine Stücke hat Liz keine Geduld, auch nicht am Wochenende, dann erst recht nicht. Ich schlinge alles schnell hinunter, nur halb gekaut, ich senke und hebe den Löffel, und dann ist der Teller wieder leer, und Liz drückt ihre Zigarette aus, seufzend, in einer Untertasse.

Sie ziehen weiter.

Yahya einen Schritt voraus, den Beutel mit den Dosen über die Schulter geworfen, selbst gemischte Farben, wenn ich die gesprayt sehe, hat er zu Danilo gesagt, macht es Bang! in meinem Kopf. Bang! Bang! Bang! Bang! Bang!

Petes Lippen zucken, er fährt sich mit der Zunge über den Mund, da ist etwas, das er sagen möchte, einmal muss es hinaus, aber die Wörter stieben ihm davon, in alle Richtungen, und bevor er sie einfangen kann, bleibt Yahya vor einem Kesselwagen stehen. Yahya sagt: Der da.

Am Nachmittag des Tages, an dem sie ihn begraben, renne ich aus der Wohnung. Liz ruft hinter mir her. Der Aufzug ist besetzt. Ich nehme die Treppe.

Immer zwei Stufen auf einmal, ich springe, siebter Stock, sechster, fünfter, als ich im vierten angekommen bin, vibriert das Handy in meiner Jackentasche, das kann nur Liz sein, ich bleibe einen Moment stehen, drücke den Anruf weg, schalte auf stumm, und als ich endlich im Erdgeschoss bin, als ich die Haustür öffne, ihr Glas gesplittert, seit Wochen, als mir die warme Aprilluft entgegenschlägt, beginnen die Bilder in meinem Kopf zu laufen, ganz von selbst, ich muss nicht einmal die Starttaste drücken.

Lippen, dunkelrote, feucht glänzende Lippen, Lipgloss-Lippen, halb geöffnet, zwei Schneidezähne leuchten weiß, unter ihnen die Zungenspitze, und rechts von den Lippen drei Sprechblasen, aufsteigend, und in jeder von steht mehrfach das Wort LOVE, mal in geschwungener, mal in eckiger, mal in schlanker, mal in fetter Schrift, immer aber mit riesigen Ausrufezeichen.

578 Views, 31 Likes, drei Dislikes. CrystalMethHead sagt: Good Shit, von Sweety04 drei Smileys mit Herzchenaugen, Compton's Finest sagt: Sachbeschädigung, lol!!! geht nicht nur in den big cities, geht auch in der Provinz.

Auf der Brücke ist es jetzt warm, der Wind streichelt mein Gesicht, trocknet Tränen, die Bilder laufen weiter.

Wacklige Kamera und Rufe im Hintergrund, dicke, grüne Ranken, die sich ineinanderschlingen, besetzt mit großen Dornen, in der Mitte eine große schwarze Rose, BLACK ROSE, die Blütenblätter nur zur Hälfte ausgemalt, nach 0:47 Minuten Rufe im Off, dann bricht der Clip plötzlich ab. 498 Views, DrDreh sagt: Cool, GraveDigga sagt: ACAB, fuck them all, forever and ever.

Die Innenstadt ist sonnig und voll, ein paar Tauben flattern umher und kacken auf Simse, eine alte Frau, die langsam ihren Rollator vor sich her schiebt, bleibt vor mir stehen, sie schnauft und schaut mich böse an, sie wird bald sterben, und sie weiß es. Ich schaue nach Jana, aber sie ist nicht beim Springbrunnen, auch nicht auf den Bänken vor der Sparkasse. Schließlich finde ich sie ganz am Rand der Fußgängerzone, dort wo der Verkehr wieder beginnt, ein paar Autos rauschen vorbei, die ersten Cabrios, Jana sitzt auf den Stufen des Kriegerdenkmals, direkt unter der Platte, die an die Gefallenen von Verdun erinnert.

Ich setze mich neben sie, sie blickt kurz zu mir hin, dann wendet sie sich stumm weg, und wir schauen gemeinsam auf die Straße. Ein Z4-Fahrer mit Ray Ban und Gelhaaren verlangsamt und dreht den Kopf nach uns, bevor er wieder scharf beschleunigt. Jana zieht ihren Rock über die Knie.

Du gehst nicht hin, sage ich zu ihr.

Siehst du doch, sagt sie.

Wie fühlst du dich so?, sage ich. So als seine Witwe?

Kaum sind die Sätze hinaus, würde ich sie gerne wieder verschlucken. Jana zieht ihre Augen zusammen. Jetzt schreit sie mich gleich an, denke ich, aber ihr Blick wird brüchig, müde, ziemlich leise sagt sie: Halt die Fresse, ja, halt einfach deine Fresse.

Das Gelhaar fährt in entgegengesetzter Richtung an uns

vorbei, erneut mit gedrosseltem Tempo, und wir zeigen ihm den Mittelfinger, wie auf Verabredung.

Yahya steht auf dem Wagen, die Oberleitung über ihm, er lässt den Beutel mit den Dosen von seiner Schulter gleiten, er lächelt, er zwinkert Danilo und Pete zu, und da greift das Licht nach ihm, ein heller, blendender Bogen, ein lauter Knall, und er krümmt sich, wie von einer Peitsche getroffen, er stürzt hinunter auf den Schotter, ganz schnell geht das oder unendlich langsam, und Danilo und Pete stehen starr, und dann schreien sie und rennen davon, und endlich bringt Pete heraus, was ihm zuvor im Kopf stecken geblieben ist, wir machen die Rückwand des Lokschuppens, schreit er, die Rückwand, die Rückwand des verfickten Lokschuppens.

Der weinende Clown, kurz bevor ich in die Grünanlagen am Fluss einbiege, taucht er in meinem Kopf auf, große, blutige Tränen rinnen über sein blasses Gesicht, aber sein Mund lächelt verzerrt, wie Stechmücken umkreisen Kampfjets seinen Kopf, feuern Raketen ab, der dritte und letzte Clip, Gaza17 sagt: Bist der beste, Bruder, aber ich will das nicht mehr sehen, nicht jetzt, ich schreibe mir ein STOP in die Gehirnwindungen, STOP, STOP, sofort.

Ich klettere zum Fluss hinab, stolpere über Steine, Äste reißen mir den rechten Handrücken auf, als ich Halt suche. Das Wasser glitzert in der Sonne und beruhigt meinen Atem. Ich nehme das Handy aus meiner Jacke, zwei Anrufe und eine Nachricht von Liz, ich lösche alles sofort.

Ich schaue mir noch einmal an, was er und ich uns hin- und her-geschickt haben, ein paar Sätze, ein paar Bilder. Den einen, den wichtigsten Satz sage ich leise vor mich hin, während ich den Arm weit aushole, um das Handy von mir zu werfen. Aber so geht das nicht. Es wäre zu einfach. Viel zu einfach. Ich blicke in das Glitzern, bis mir die Augen schmerzen, dann klettere ich die Böschung wieder hoch zum Gehweg. Ich nehme das Handy auseinander und schlage mit einem spitzen, schwe-ren Stein auf es ein. Das Display überzieht sich mit spinnennetz-förmigen Rissen, die Rückwand wird zu einem unregelmäßig zusammengefalteten Metallplättchen, für die SIM-Card genügt ein Hieb, der Akku will nicht kaputt gehen. Ich hocke da, meine Hand ist schmutzig von der Erde, die an dem Stein hängt, ich schwitze und murmele etwas, das ich sofort wieder vergesse. Als ich aufhöre, blicke ich hoch, und ein Mann steht vor mir.

Er hat eine kurze Sporthose an und ein zu enges T-Shirt, das über dem Bauch spannt, unter seinen Armen sind große, dunkle Flecken, über sein weiß-rotes Gesicht perlt Schweiß. Er keucht stark.

Du solltest nicht so schnell laufen, du Idiot, denke ich, nicht bei dieser Hitze.

Was machst du da?, sagt er und weist auf die am Boden verteil-ten Überreste des Handys. Seine Oberlippe zittert leicht. Was soll das?

Ich drehe mich um und gehe weg. Nach ein paar Schritten über-holt er mich, rennend, er wirft seine Arme vor und zurück wie ein Sprinter, es schaut komisch aus, in der linken Hand hält er die Handyteile. Als er ungefähr zehn Meter Vorsprung hat, bleibt er

128

stehen und baut sich mit verschränkten Armen in der Mitte des Weges auf.

Ich überlege, wie alt er ist, vielleicht Ende dreißig oder so. Er keucht jetzt noch stärker.

Ich wünsche mir, ich hätte den Stein nicht fallen lassen, oder ich würde in einem Auto sitzen, das sich rundum verriegeln lässt, am einfachsten wäre es wohl, schnell wegzulaufen, aber ich gehe weiter auf ihn zu, und er beginnt langsam zu grinsen, fett und zufrieden, ich habe ihm seinen Tag gerettet.

Irgendwann hören Pete und Danilo auf mit dem Rennen und Schreien, sie bleiben stehen, atemlos, schluchzend, aber in ihren Träumen werden sie wieder schreien, und Jana, die im Bus an den Gleisen vorbeifährt, hat den Blitz gesehen, Caro neben ihr auch, ich habe ihn nicht gesehen, ich liege zu Hause auf meinem Bett, die großen Kopfhörer auf, my cute little girl, sagt Liz, you are so tired, aren't you?

Am Abend des Tages, an dem sie ihn begraben, gehe ich früh schlafen. Ich ziehe ein Nachthemd an und ziehe es wieder aus. Ich suche mir den bunt gemusterten, dicken Flanellpyjama, den Liz in die hinterste Schrankreihe gestopft hat, der Winter ist vorbei, endgültig, beim nächsten Mal kannst du das Umräumen gefälligst selbst machen, hat sie gesagt, du bist alt genug dafür.

Ich liege im Bett und schließe die Augen. Liz hat nebenan die Nachrichten laufen, auf den Sport folgt das Wetter, morgen wird es stürmisch, ein Tief zieht durch, das Flanell ist weich auf meiner Haut, Liz zappt sich durch die Kanäle, bleibt irgendwo hängen, ein Vorspann mit dramatischen Geigen, durch den Spalt unter der geschlossenen Tür zieht Zigarettenrauch in mein Zimmer, aber es ist nicht mehr wie früher, ich fühle mich nicht geborgen, vorsichtig taste ich mit der Hand zwischen meine Beine.

Ich halte die Augen geschlossen und versuche ruhig zu atmen, mein Herz schlägt laut, immer schneller, der Clown taucht auf, ich schicke ihn weg, mit aller Gewalt, und denke an die erste Schulstunde in der dritten Klasse.

Die Glocke hat geschrillt, wir sitzen an unseren Tischen, und ich habe Angst, schreckliche Angst, sie steigt in mir auf wie Wasser, das schnell über ein Ufer tritt und alles überflutet, ich kenne niemanden, bin neu hier, wie Yahya, der sich neben mich gesetzt hat, er hat wuschelige Locken und riesige, dunkelbraune Augen, aber vielleicht kommen sie mir nur so groß vor, weil er so klein ist, kleiner noch als ich, die sonst von allen überragt wird.

Wie heißt du?, fragt ihn die Lehrerin. Sie ist jung und hübsch und streng, ihr straff zurückgebundenes Haar, keine Locke fällt in die Stirn, wird hinten von einer großen, silbernen Spange gehalten.

Wie heißt du?, sagt sie noch einmal, als er nicht gleich antwortet, und er sagt: Jojo, ich heiße Jojo. Die Lehrerin schaut auf ein Blatt, nein, sagt sie, du bist der Yahya, nicht wahr. Nein, ruft er laut, ich bin der Jojo, der JOJO! JOJO! JOJO!, das zweite o zieht er komisch in die Länge, dabei reißt er weit die Augen auf und hebt sich ein wenig von seinem Stuhl, die Klasse lacht laut, und ich auch, und für einen Moment vergesse ich meine Angst.

2049

Hallo, ruft James. Hallo? Hören Sie mich?

In der Küche: Gerumpel, Geschepper. LollY richtet ihr Frühstück her.

Daddy?

Sie schaltet ihre Stimme auf Hoch und Schrill.

Daddy? Ich hasse dich, Daaaddy!

Sie dehnt den Vokal, als wäre er ein altes, ausgeleiertes Kaugummi, das sie mit spitzen Fingern zwischen ihren Zähnen hervorzieht.

Hören Sie mich? James schreit jetzt fast.

Die Verbindung rauscht, manchmal bricht sie ab, dann ertönt ein hektisches Fiepen, bis sie wieder zustande gekommen ist. Gestern habe ich das RetroFon in den PräMilleniumsModus gestellt, was für eine blöde Idee, ich hätte an das Gespräch heute denken sollen.

Ich höre Sie, sage ich.

Ich bin durcheinander, ich schwitze.

Ich habe nie etwas Ungesetzliches getan, nur die Sache mit LollY, und deshalb möchte ich eigentlich auch nicht mit James reden, ich will Bill, schon früher hat es ja kleinere Mängel und Vorfälle gegeben, nichts mit heute Vergleichbares, klar, aber schon da war mir nicht wohl, und Bill hat, wenn ich die Servicenummer gewählt habe, immer die richtigen Tipps zur Hand gehabt, die richtigen Worte gefunden, ich habe mich gut aufgehoben gefühlt, aber James macht mich nur noch nervöser, als ich es ohnehin schon bin.

Aus der Küche: Daddyyy?

Jetzt zieht sie das Ypsilon hoch, lässt es eine fragende, kreischende Pirouette drehen. Klirren, ein Glas zersplittert auf dem Boden.

Das Fon hört auf zu fiepen.

Hören Sie mich?, fragt James. Hören–Sie–mich? Er betont jedes Wort, als spräche er mit einem Idioten.

Einen Moment, sage ich.

Auf dem Küchenboden ist eine gelbrötliche Lache, in der viele kleine Scherben glänzen, ein paar größere sind in alle Richtungen gespritzt.

Was soll das?, sage ich zu dem Licht meines Lebens.

Ist hingefallen, Daddy, hingefallen, hingefallen.

LollY singt die Wörter und startet sofort das volle Programm.

Fährt mit der Zunge über ihre Lippen, befeuchtet sie gründlich, macht einen Schmollmund und legt dabei den Kopf schief, klimpert mit den Augenlidern.

Hör auf, sage ich.

Ich lasse den Cleaner die Reste des MultiCocktails aufsaugen. Bei den größeren Glastrümmern protestiert er mit einem energischen Heulgeräusch, bis ich sie selber vorsichtig zusammensuche.

LollY frühstückt weiter. Sie hat zwei Stapel mit Toastbroten vor sich aufgebaut, einer geröstet, der andere ungeröstet. Von jedem nimmt sie je eine Scheibe, bestreicht beide üppig mit Erdnusscreme, legt sie aufeinander und verschlingt sie mit drei, vier Bissen.

Schau mal, sagt sie.

Sie hält einen Löffel hoch, steckt ihn tief in das Erdnussglas, zieht ihn heraus und beginnt ihn abzulecken, erst am Stiel, mit weit herausgestreckter Zunge, dann schiebt sie ihn in ihren Mund, schließt die Augen und stöhnt leise. Sie öffnet die Augen, fängt meinen Blick ein, hält ihn, ich schwitze noch mehr, will wieder sagen: Hör auf, aber da hat sie schon das Glas gepackt und wirft es mir mit voller Wucht ins Gesicht.

Sie schreit: Ich hasse dich. Weißt du, wie sehr ich dich hasse, wie sehr, wie sehr!

Mit dieser Baureihe hatten wir leider in letzter Zeit einige Probleme, sagt James.

Ich sage nichts. Mir ist schwindlig, und meine Nase hört nicht auf zu bluten; das Tuch, das ich in der Hand halte, ist völlig durchnässt.

Wir sprechen doch über eine XSecure-Leitung, oder?, sagt James.

Ja, sage ich.

Das können Sie vergessen, sagt James. Ist eine ganz löcherige Sache geworden. Mehr als drei Minuten Gespräch am Stück sind nicht mehr drin. Ich breche jetzt ab und melde mich nach einem Change zu DarkFon wieder bei Ihnen, okay?

Ich höre ihn auf einer Tastatur herumtippen, auch so ein Yester-YearEffekt, in Wahrheit zieht er mit den SensorCaps an seinen Fingerspitzen ein Hologramm heran, aber egal, ich mag so etwas ja, normalerweise, aber nicht heute.

Wäre wenigstens Bill dran.

Kann sogar sein, dass er ein Bot ist, einer mit EmpathieFunktion, mein Gott, so schlimm ist das schließlich auch nicht, was ich mache, MinorityExtreme zum Beispiel oder Mischwesen, das hat mich nie interessiert, da leisten sich andere viel Heftigeres.

In der Küche ist es ruhig. Wahrscheinlich streicht sie neue Brote, verspeist sie genüsslich und überlegt sich, was sie mir als Nächstes antun kann.

Also, sagt James.

Er spricht mit einer Ich-schreibe-mit-Stimme, lässt die Tippgeräusche zum Glück aber weg.

Verbale und körperliche Aggressionen, sagt er. Stimmungsschwankungen, allgemeine Gereiztheit. Sie stopft Essen in sich herein, verweigert es aber auch radikal. Sonst noch etwas?

Sie ist gewachsen, sage ich. Als sie gestern schlafend auf der Couch lag, habe ich sie gemessen. Zehn Zentimeter in ein paar Monaten. Haare bekommt sie auch.

James sagt erst einmal nichts.

Und dann: Sind Sie sich ganz sicher? Bei beidem, meine ich.

Natürlich, sage ich. Wie soll ich mir da nicht ganz sicher sein.

James seufzt.

Sie sind nicht der erste Kunde, der sich beschwert, sagt er. In den letzten Monaten hat es mehrere Anomalien gegeben. Aber noch nie eine so schwerwiegende. Was ist eigentlich aus der Drohne geworden, die wir Ihnen geschickt haben? Da sehe ich keine Rückmeldung.

Die hat sie zerstört, sage ich. Die Drohne wollte sie untersuchen, und LollY hat sie zwischen ihren Schenkeln festgehalten. Sie hat ihr die Taster abgebrochen und die Sensoren mit einer Schere ausgestochen.

James seufzt wieder.

Das müssen wir Ihnen aber in Rechnung stellen, das ist schon klar, oder?

Ja, sage ich. Klar, was sonst. Ich schnäuze mich vorsichtig, neues Blut schießt aus meiner Nase.

Drei Jahre, da greift keine Garantie mehr. Die Stimme von James klingt verständnisvoll, aber entschieden. Er macht eine kleine Pause. So etwas wie eine finale Lösung ist für Sie keine Option, oder? Ich müsste noch mal Rücksprache halten, aber das könnten wahrscheinlich wir übernehmen, aus Kulanz.

Ich will LollY, sage ich. So wie sie war. So soll sie wieder sein.

Und mit dem, was offiziell zu kriegen ist, können Sie gar nichts anfangen?, sagt James. Die X16- und X18-Modelle von Bot69 zum Beispiel, die sind sehr beliebt. Wir haben kürzlich ein paar B-Exemplare günstig eingekauft. Sind jetzt im Angebot, sogar mit einwandfreien Papieren.

Ich will meine LollY, sage ich.

James seufzt sehr tief.

Einen Moment, bitte, sagt er.

Ich warte und betaste mein Nasenbein. Es tut furchtbar weh, wahrscheinlich ist es gebrochen.

Also, sagt James. Wir schicken Ihnen eine spezielle MedDrohne vorbei. Auf unsere Kosten. Wenn sie die aber wieder zerstört, müssen Sie zahlen. Kann auch etwas dauern, bis das Gerät bei Ihnen ist, Anfang oder Ende nächster Woche.

Gut, sage ich.

Daddy?, ruft LollY. Daddy, kommst du mal!

Sie sitzt mit verschränkten Armen am Küchentisch und lächelt mich an. Die Brote hat sie alle aufgegessen, fein säuberlich, kaum ein Krümel ist übriggeblieben. Vor ihr steht ein neues, ungeöffnetes Glas mit Erdnusscreme.

Setz dich, Daddy, sagt sie.

Ich ziehe mir einen Stuhl her, und wir schauen uns an, sie zwinkert mit dem rechten Auge, ihr Lächeln wird immer sonniger, exquisiter, das ist ihr supercutes Sweetie-Lächeln, sie entblößt den Spalt zwischen ihren Schneidezähnen, meine Nase schmerzt und schwillt immer mehr an, ich sitze da wie ein missratener Clown, der zum Zirkusdirektor gerufen worden ist.

Schau mal, sagt sie.

Sie öffnet die Erdnusscreme mit einem leichten Plop und zieht die Folie ab, die über dem Glas liegt. Die Oberfläche der Creme ist glatt und makellos, ein braunes Glänzen im Morgenlicht. Sie sticht hinein, erst mit einem Finger, dann mit zwei Fingern, die sie hin und her bewegt und krümmt.

Plötzlich hört sie auf zu lächeln. Ihr Mund wird ein flacher Strich.

Weißt du, was ich mit dieser Creme tun werde, Daddy?, sagt sie. Mit dieser Creme und mit dir?

Ich sage: Nein.

Ich stelle mir die Drohne vor, die sich zu uns aufmacht, unter einem blauen Himmel oder im Nieselregen, leise surrend, sicher gelenkt von NaviGlobal.

LollY nimmt die Finger aus dem Glas und wischt sie an ihrem T-Shirt ab.

Sie schaut mir direkt in die Augen und sagt, was sie tun wird, sie sagt es sehr langsam und deutlich, in allen Einzelheiten, jedes Wort ist ein Dolchstoß, und als sie schildert, wofür sie die Zange verwenden wird, die große, rostige Zange, überschwemmt mich Übelkeit, ich wünschte, sie würde aufhören, aber sie redet weiter und weiter, und als sie fertig ist, holt sie tief Luft und beginnt von Neuem.

Hör gut zu, Daddy, sagt sie, hör mir sehr gut zu.

Ich höre ihr zu, und ich habe nicht die Kraft, mir die Ohren zuzuhalten oder einfach aufzustehen, ich schaue sie stumm an und denke: Licht meines Lebens, Licht meines Lebens, und ich hoffe, dass diese Drohne bald eintreffen wird, so bald wie möglich.

Vielen Dank an:
Julia Eichhorn, Meike Herrmann, Thomas von Steinaecker

Inhalt

ISBN: 978-3-944716-37-4

© 2020 Schillo-Verlag
    Orleansstr. 43, München

www.schillo-verlag.de